삐끗;
B급 하루 일기

삐끗:
B급 하루 일기

초판 1쇄 발행 2021년 3월 31일

글 최정원 / **사진** 유별남
펴낸이 추미경

책임편집 김선숙 / **디자인** 정혜욱 / **마케팅** 신용천

펴낸곳 베프북스 / **주소** 경기도 고양시 덕양구 은빛로 45, 4층 406-1호 (화정동)
전화 031-968-9556 / **팩스** 031-968-9557
출판등록 제2014-000296호

ISBN 979-11-90546-10-2 (03810)

전자우편 befbooks15@naver.com / **블로그** http://blog.naver.com/befbooks75
페이스북 https://www.facebook.com/bestfriendbooks75

삐끗;
B급 하루 일기

글 **최정원** | 사진 **유별남**

베프북스
Best Friend Books

실질적인 행복은 망설이면 품절!

한여름이었다. 강렬한 태양빛이 달빛처럼 내 몸속으로 파고들었다. 거리를 걷던 사람들이 눈에 보이지 않는 더위를 피해 키 큰 나무 아래 그늘 속으로 사라졌다. 나는 고개를 숙여 내 그림자를 내려다보았다. 한결같은 무표정한 모습으로 내 곁에 있는 유일한 존재, 함께 목적지 없이 걸었다. 시간은 나에게 아무런 장애물이 되지 못하니까. 내 삶에 유일하게 풍족한 건 시간뿐이니까. 시간이 얼마나 지났을까. 사람들의 발걸음이 빛의 속도로 빨라졌다. 몇몇 사람들은 가방 속에 숨겨 둔 무지개를 꺼냈다. 하늘을 올려다보았다. 물기를 잔뜩 머금고 있었다. 눈이 올 듯한 하늘이었다. 고등학교 1학년 수학시간 때, 창가 맨 뒤에 앉아 넋 놓고 바라보던 그 하늘. 하지만 비가 한두 방울씩 떨어지기 시작했다. 금방이라도 울음을 터뜨릴 것 같았다. 한참 동안 서 있었다. 그때 어디선가 낯선 듯, 낯익은 노래 선율이 몸속으로 스며들었다. 레코드 가게가 있었다. 아직도 이런 가게가 남아 있다니 신기했다. 존 레논의 노래였다. 첼로 소리 같은 그의 목소리가 몸이 기억하는, 두 눈이 기억하는, 마음이 기억하는 잊고 지내던 모든 것들을 길어 올렸다.

일반적으로 갈채와 함께 끝난 무대에서는 또 다른 삶의 공연이 시작된다. 하지만 난 빠르게 뛰어온 길의 끝에서 발걸음을 멈췄다. 미래에 대한 완벽하게 정해진 길도 없었다. 혹 다시 무의미한 시간의 흐름만 놓여 있는 건 아닌가 하는 두려움 때문이었는지도 모른다. 아니, 삶에서 삶의 길을 찾는 건 목적지에 도달한 사람이 다시 가야 할 길을 묻는 것과 같다는 생각이 내 발걸음을 잡았다. 여하튼 내가 걸어왔던 길로 되돌아가 보기로 마음먹었다. 선명하지는 않지만 왠지 그게 나답게 사는 것이라는 생각이 들었다. 또한 천천히 마음의 빛을 따라 걸어가다 보면 내가 어느 순간을 기억하고 있는지, 무엇을 잃고 얻었는지, 무엇을 잊고 지냈는지 그리고 무엇을 애써 외면하고 살았는지를 알게 될 것이고, 이것이 앞으로 하루하루를 살아가는 방향키가 될 거라는 생각이 들었다. 나는 더 이상 삶에게 묻지 않고, 나의 삶의 물음에 답하고 싶었다.

아침에 눈뜨고, 핸드폰 확인하고, 담배 한 대 피우고, 일 분 동안 멍 때리고, 화장실에서 토하고, 생리현상 해결하고, 세수하고, 우유 한 잔 마시고, 다시는 술 안 마시겠노라 다짐하고, 출근하고, 지하철에서 땀 흘리고, 걱정하고, 1분 전 회사에 골인하고, 커피 한 잔 마시고, 일하고, 사장에게 욕먹고, 사표 만지작거리고, 점심으로 해장국 먹고, 졸음과 싸우고, 인터넷 쇼핑하고, 친구와 약속하고, 퇴근하고, 술 마시고, 사장 씹고, 아내, 남편 욕하고, 자식 걱정하고, 술에 취하고, 세상 욕하고, 노래방 가고, 피 토하게 노래 부르고, 웃고, 흔들고, 건강 걱정하고, 미래 걱정하고, 부모님 생각나고, 택시 요금 걱정하고, 걷고, 택시 잡고, 안 잡히고, 택시 기사와 싸우고, 무의식적으로 집에 오고, 아내에게 욕먹고, 자식들은 자고, 달은 밝고, 별은 빛나고, 카드 명세서에 울고, 옛 애인 생각나고, 죽어라 외롭고, 옛사랑에 울고불고, 잠자고…. 다시 아침에 눈뜨고….

〈지구 영화관으로의 초대〉 중에서

몇 년 전, 한마디 상의도 없이 회사에 사표를 던지고 한낮에 집에 왔다. 일 년 365일 새벽이슬 맞고 출근해 새벽이슬 먹고 집으로 돌아오는 나. 잠깐 내 표정을 살피더니 엄니가 웃으며 한마디했다. "안 되는 머리로 20년 일하느라 고생했다. 이젠 놀아라." 그리고 술상을 한 상 거하게 차려 주셨다. 난 아무 말도 못하고 발등만 내려다보았다.

<우리들의 집엔 눈에 보이는 신(神)이 산다> 중에서

나의 지난 일상이다. 우리들의 일상일지도 모른다. 하지만 나는 이제 조금 다른 삶을 살아 보고자 한다. 그렇다고 지난 시간이 꼭 무의미하고, 후회되는 건 아니다. 그것들을 후회하는 건 나름대로 열심히 살아온 내 삶을 스스로 부정하는 것일 수도 있으니까. 설령 타인이 부정하더라도 나만은 그러면 안 되니까. 그래서 나는 나름대로 열심히 살아온 내 삶이 '기억'이라는 단어 속으로 사라지기보다는 '유적'이 되기를 바라며 새로운 삶에 대한 생각을 행동으로 옮겨 보고자 한다. 안 해 본 일들, 잊고 지내거나 애써 외면했던 일들의 소중함을 알아 가고자 한다.

풍경화를 보러 산에 가기, 오케스트라 연주를 들으러 숲속에 가기, 역사를 배우러 고궁과 박물관 가기, 지난 시간을 만나러 옛길 걷기, 사람을 만나러 걷기운동 하기, 카페 구석 자리에 찌그러져 있기, 공부하기, 책 읽기, 학부모들 수다 엿듣기, 꾸벅 졸기, 경로당 앞에서 어르신들의 깊은 웃음소리 듣기, 동네 입구 키 큰 나무 밑 나무의자에 앉아 부라보콘 먹기, 유치원 앞에서 아이들의 맑은 목소리 듣기, 재래시장 사람들의 일하는 모습 보기, 다수의 취향 느껴 보기, 한마디로 무작정 따라해 보기, 고전소설 및 역사 속 인물 만나 보기, 혼자 야간비행하며 별을 보던 생텍쥐페리의 마음 알아 가기, 미리 걱정하지 않기, 아무것도 바라지 않기, 사람 미워하지 않기, 남녀 간의 감정은 접어 두기, 그리고 그 마음, 이제 나를 사랑하기….

우리는 혼자 있는 법을 너무 모른다
남의 시선을 너무 의식한다
사람은 누구나 꼭 한 번 뼈만 빼고 다 빠지는
다이어트에 성공하는 날이 온다
한마디로 지나온 시간이 모두 젖는 날이 온다
그날, 딱 한 단어가 떠오르지 않기를 바라는 마음이다

"후회!"

여하튼 지난 시간을 되짚어 보고, 서툰 새 삶의 일상을 이 책에 담았다. 처음으로 살아 보는 삶이니 서툰 점도 많을 것이다. 이 책에 담긴 글에도 말이다. 그래도 '있는 그대로' 보고, 느끼고, 말하며 살아 볼 것이다. 한쪽 눈이 또 실수로 울지라도, 지나온 삶이 모두 젖을지라도 후회하는 삶을 살지 않기 위해!

〈Oh My Love〉.

2020년 봄날
벗, 유별남 사진가와 함께
최정원

2부
울지도 못했던, 완벽한 시간

3부
내가 온전히 나로 존재하는 시간

4부
소수의 실질적인, 행복의 시간

아픈 기억이든 기쁜 기억이든

가끔, 마음속 가장 깊은 곳에 숨겨 두었던

지난날들을 길어 올려 손 글씨로 적어 보는 것도 좋을 것 같다

세상에 단 한 편뿐인 나만의 영화를 본다는 것

참 고맙고 행복한 일이다!

1부
너만 없던,
완벽한 시간

1.
Perhaps…
Sometimes…
그래도

너의 입술이 세상에서 가장 무서웠어! 어제까지 사랑한다고 말하던 석류 같은 입술에서 어떻게 그만 헤어지자는 말이 나올 수 있을까. 반쯤 감은 눈으로 볼 수밖에. 반쯤 접은 귀로 들을 수밖에. 반쯤 얼굴 가린 손가락 사이로 느낄 수밖에! 이젠 숨소리마저 지겨워. 죽도록 푸르게 술에 취할까 봐, 미워서 미워지도록 울어 볼까 봐, 내 몸을 돌돌 말아 꾹 짜면 눈물이 쏟아질 것처럼. 맑은 하늘을 보면 갑자기 전화기 속에만 있던 네 목소리가 들려! 자니? 정말 자니?

모든 추억은 꽃으로 필까? 노트북 빈 화면 앞에서 기억 속으로의 여행을 할 때. 공항 로비 벤치에 앉아 고개를 꺾고 자는 사람의 꿈속을 상상할 때. 전화기 속의 목소리가 조금씩 아득하게 들릴 때. 바람이 부는 휘파람이 눈 밑을 아리게 할 때. 비 오는 날 문득 달의 뒷면이 궁금할 때. 인연 속에 빛과 그림자가 공존한다는 걸 막연하게 느낄 때. 꿈속에서도 너의 몸에 닿은 내 손끝이 찬밥덩어리처럼 느껴질 때. 가니? 정말 간 거니?

죽도록 외로워야 사랑이라고? 난 강하지도 않고 강한 척한 것뿐이라고! 간신히 버티고 서 있었을 뿐이라고! 알아! 관심 없는 유럽의 지도를 보면 네가 어디를 걷고 있을지. 비 오는 날 오래된 추억 한가득 메고 떠나간 너의 선한 어깨를. 들썩이는 내 두 눈과 연결된 감각들이 몸살을 앓다가 면역 생긴 바위가 되었다는 걸. 이젠 그 젖은 길을, 너를 닮은 사람을, 억양을, 걸음걸이를, 미소로 채우진 않을 거야. 너에게로 가는 길이 세상에서 가장 멀지라도. 너를 다시는 못 찾을지라도! 가끔 한쪽 눈이 실수로 울지라도!

아무도 울지 않는 인연은 없어. 누구나 일생에 단 한 번 사라지니까. 그거 하나만은 확실해. 축복의 시간들이 한 시간 뒤, 하루 뒤, 열흘 뒤 그리고 일 년 뒤 어떤 길을 선택할지 알 수 없지만 그 순간이 사랑이었다면 그만이라는 것을! 사람 사는 일의 쓸쓸함으로 눈물이 날 지경이라도 최선을 다했다면 아름다운 일일 거야. 낮달의 속마음처럼 달빛이 마를지라도, 눈물이 마를지라도. 우리는, 한 이름 모를 화가가 여행을 다니다가 '있는 그대로' 캔버스에 담기만 하면 되는, 운 좋게 만난 풍경이었다는 걸!

계절이 내리는 곳에 서 있을 때
나뭇가지 끝에 걸린 둥근 달이
세상의 모든 그리움을 품고 있을 때

Perhaps…

Sometimes…

You know how the time flies

그래도.

가끔, 이른 오전 햇볕이 창가에 스며들 때 사람 없는 카페에 앉아 지난 사랑에 대한 지금의 내 마음을 손 글씨로 써 보는 것도 좋을 듯하다. 손으로 한 자 한 자 적다 보면 지난 사랑의 덧칠된 순간과 말들이 푸른 수채화처럼 투명하게 보일 수도 있기 때문이다. 하려 했던 말, 하지 못한 말, 망설이다가 품절된 그 순간들이 영화 〈시네마 천국〉 마지막 장면처럼 내 가슴 속에 떠오른다면 참 행복한 일일 테니까.

오늘은 바로 그런 날이었다. 동네 카페 창가에 앉았다. 커피를 잘 마시지도 않고, 맛도 잘 모르지만 에스프레소 한 잔을 주문했다. 가끔 지인들이 커피 마시는 나를 보며 의아한 표정으로 묻곤 했다. "커피 맛도 모르면서 왜 진한 에스프레소를 마시냐?"고. 그런 질문을 받을 때마다 난 미소를 지으며 대답한다. "잘 모르니까 적게 마시려고."

내 사랑도 그랬다. 잘 몰랐다. 하지만 한마디로 '진했다'는 건 마음이 기억하고 있다. 이젠 만질 수 없다는 걸! 후회해도 소용없는 오래된 사진의 얼룩처럼 기억의 흔적일 뿐이라는 걸! 하지만 돌아오지 못하는 것도, 만나지 못하는 것도 때론 다행이다 싶을 때가 있다. 티브이 드라마 주인공들의 사랑 이야기처럼 해후가 꼭 아름다운 것만은 아니라는 걸 이제 아니까. 그리고 마음이 기억하는 한 영원할 수, 간직할 수 있는 나만의 영화 한 편이 생겼으니까.

창가에 앉아 오래된 소설책을 읽을 때,

그 소설책 위에 햇볕이 내려앉을 때,

그 순간 한 단어가 눈에 들어올 때,

그래서 잠시나마 행복해질 때,

참 고마운 일이다. 지나온 시간이 모두 젖을지라도!

아무튼, 품절된 하루가 또 지나간다.

"결대로 숨 쉬는 나무처럼!"

2.

Oh My Love

그리고

너에게로 간

내 마음이 돌아오지 않는 날

나 아닌,

눈이 자꾸 운다

눈이 자꾸 운다

그런 날!

사라져 가는 네 모습에

슬픔이 반쯤도 접히지 않는 날

나 아닌,

네 그림자가 자꾸 따라온다

네 그림자가 자꾸 따라온다

그런 날!

있지. 오늘은 바람이 많이 불었어. 나갈까 말까 이러지도 저러지도 못하다가 일단 나가기로 했어. 지난 시간 수많은 바람을 맞았고, 아직도 바람에 휘청거리는데 굳이 내 발로 바람 속으로 들어가는 게 내키지 않았어. 실은 내 마음속 깊은 곳에 오랫동안 숨겨 두었던 감정이 바람에 날아갈까 두려웠는지도 몰라. 일단 목적지를 정하지 않고 걷기로 했어. 망설임의 무게를 못 이긴 채 현관문을 여는 순간 입속에서 썰물 같은 한숨이 절로 나오더군. 그때 엘리베이터 문이 열렸고, 한 사람의 밀물 같은 시선이 밀려들어 왔어.

길이 끝나는 바닷가에 기타를 가슴에 안은 여자가 앉아 있었어. 바람이 묻은 머릿결은 카페라떼의 우유처럼 바다에 스며들었고, 코발트블루 원피스 자락은 소다수의 흰 방울처럼 맑게 떠올랐어. 발걸음을 멈추고 그녀의 뒷모습이 정면으로 보이는 곳에 앉아 한참을 바라보았어. 오케스트라 공연장에서 깊은 정적에 스민 설렘을 가진 관객처럼 말이야. 바다를 향해 앉아 고개를 숙인 그녀가 투명한 물방울 안의 인어공주처럼 점점 바람 속으로 사라져 갔어. 혹 재개발 지역의 불도저처럼 바람이 이 풍경을 확 밀어 버리는 건 아닌지…. 안타까운 마음에 눈을 감고 말았지.

바람이 스민 기타 선율이 밀물처럼 들려 왔어. 오래된 기억에 머문 사람의 숨소리처럼. 감은 눈을 뜨자 그녀의 양어깨가 조금씩, 살며시, 천천히 춤을 추는 거야. 아니 보이지 않는 손가락이 추억을 뜯는 건지도 몰라. 그녀와 나 사이의 거리 때문일까, 마음과 마음 사이의 거리감

낮달의 속마음처럼 달빛이 마를지라도, 눈물이 마를지라도. 우리는, 한 이름 모를 화가가 여행을 다니다가
있는 그대로 캔버스에 담기만 하면 되는, 운 좋게 만난 풍경이었다는 걸!

때문일까. 어떤 음악인지, 노래인지 알 수가 없었어. 바람의 노래만 들릴 뿐. 다시 눈을 감았어. 혹 존 레논의 〈Oh My Love〉일지도 모른다는 상상의 푸른 노트를 펼친 채 말이야. 꿈일까? 간절함일까? 거짓말처럼 길을 잃고 골목 끝에 앉아 있는 아이, 책가방을 메고 가슴에 손수건을 단 채 초등학교 운동장에 첫 발을 디디던 순간 그리고 지금까지 살아오면서 만났던 많은 사람들의 얼굴, 기쁘고 슬펐던 마음이 기억하는 시간들이 오래된 다큐멘터리처럼 천천히 시간의 무게를 이기고 떠올랐어. 행복했어. 다시 볼 수만 있다면, 다시 할 수만 있다면, 수없이 되뇌던 순간들 속에서 헤엄치다가 눈을 떴을 때 그녀는 보이지 않았어. 블루 빛 눈물로 사라져 버린 인어공주처럼.

바람에 스민 〈Oh My Love〉를 내쉬며 집으로 돌아오는 길. 한여름 밤의 꿈이었을까? 거실 조명을 바닥까지 끌어내린 후 쇼팽의 〈녹턴〉을 듣고 있어. 또 다른 감정 하나와 순간을 마음속에 숨겨 둔 채.
　　우리는 '아름다움'을 깨닫게 되었을 때 왜 슬픈 감정을 느끼게 되는 건지…. 미련 따위는 오래전에 접어 두고 멍청한 겨울 꽃을 기다리는 사람처럼. 그래서 내일을 꿈꾸지 않고 삶을 관조하는 고양이처럼 밍밍하게, 건조하게 지내는 건 아닌지.

　　아무튼, 품절된 하루가 또 지나간다.
　　"견딜 수 없는 기억의 유적처럼! 그리고 Oh My Love."

3.
비 오는 날,
작은 천사가
내게로 온다면

그대에게 하고 싶은 이야기 중 대부분은
끝내 전하지 못한 말들이었는지도 모릅니다

잿빛 오후, 한 글자 한 글자 양어깨에
바위를 올려놓은 듯 무거워지는 단어들
벌써 며칠째 무거운 침묵 속에 빠져 있는지
쇼팽의 〈녹턴〉도 나른하고 지루하게 들리고
머릿속엔 자꾸만 화이트 와인 한 잔만 차올라
무작정 작업실을 나와 목적지 없이 길을 걸었습니다

아직은 해 지기 조금 이른 시간이지만
한두 방울 내리는 비 덕분인지 좁은 골목은
동화 속 빨강머리 앤이 걷던 숲길의 느낌이랄까요!
문득, 동네 숲을 걸을 때 참 행복하다는 그대가 떠올랐습니다

단지 난 너의 목소리가 따듯했을 뿐인데

단지 난 너의 가끔 짓는 곁눈질이 좋았을 뿐인데

단지 난 너의 캔버스에 닿는 손가락을 상상해 보았을 뿐인데

단지 난 그런 마음이었는데

말하지 못해 진심이 닿지 못한 걸까요?

바위같이 무겁고 잔인한 향기를 담은

너의 문자 메시지 한 통

사랑하는 사람이 새로 생겼다고,

이젠 그 사람의 향기를 간직하고 싶다고

난 조금의 의심도 없이 그 말을 믿어 버렸습니다

괜찮다는 막연한 변명을 하며

만난 날보다 수백 배 만나지 못한 날들

어리석게도!

비는 하늘에서 내리는데 바지 끝이 물들어 갑니다. 그때 키 작은 깜장 머리 소녀가 빠른 속도로 뛰어오고 있었습니다. 설마? 어마나! 순간 내 두 눈의 눈동자를 잃었습니다. 소녀가 반쯤 젖은 손으로 이름 모를 들꽃과 함께 "행복한 하루!"라는 말을 건네며 환하게 웃더군요. 전 아무 말도 못하고 들꽃을 받자마자 온몸이 굳어 버렸습니다. 입술 도, 심장마저도. 어리석게도!

천사가 길을 잃고 잠시 지상의 길 위로 내려와 불쑥 건넨 인사말

오늘밤 달빛이 참 좋습니다. 한쪽 입꼬리를 올리며 미소를 짓던 당신처럼 말입니다. 달이 뿌린 서리를 먹고 지낸 시간이
흰 종잇장 같은데, 어느새 내 머리 위에 소리 없이 하얀 달빛이 소복이 내려앉았습니다.

한마디에 맑게 갠 듯한 이 기분을 어떤 말로 표현해야 할까요. 시간이 흘러 계절이 바뀌고, 그 자리에 안개가 찾아와 모든 사물을 알아볼 수도, 느낄 수도 없게 한 오렌지 불빛 몇 개가 허공에 떠 있는 기분이랄까요! 문득 그대 생각이 났습니다. '그냥 술이나 한잔했으면 좋겠다'는 생각이 들었습니다. 어리석게도!

제 앞에 선 빗방울을 머금은 키 작은 깜장 머리 소녀. 고개 들어 날 올려다보는 키 작은 깜장 머리 소녀의 눈망울이란! 새벽에 듣는 영화 음악처럼 향기로운 샴푸 냄새가 나더군요. "내일은 맑은 하루 보내세요"라고 말하며 집으로 뛰어가는 키 작은 깜장 머리 소녀의 뒷모습이 빗방울 사이로 선명하게 보였습니다. 비 오는 날에 더욱 선명하게 들리는 바흐의 〈무반주 첼로〉 음악처럼 말이에요.

집으로 돌아가는 길, 어깨를 짓누르던 침묵의 단어! 문득 생각났던 너의 얼굴과 잔인한 향기가 담긴 메시지 한 통. 그래서 결국 말하지 못했고, 말할 수 없었던 마음들 모두, 어쩌면 처음부터 내가 나의 심장을 겨냥한 화살이었던 건 아닌지! 이젠 시간이 흘러도, 혹 무거운 침묵 속에 갇힌다고 해도 오늘 같은 뜻밖의 하루가 내게 다가온다면, 키 작은 깜장 머리 천사를 만난다면, 어리석은 믿음으로 기다렸던 날들도 빗물에 지워질 한 장의 비 오는 날의 수채화로 남을 것 같습니다.

"누군가에게 내 마음을 전하고 싶다면 연습이 필요해. 망설이지도 말고 지치지도 말아야 해. 꼭!"

아무튼, 품절된 하루가 또 지나간다.
"변덕쟁이 연인처럼!"

4.
이젠 오래된 기억을
무엇이라고
이름 불러야 할까?

　고등학교 시절, 일주일 중 딱 하루 기다려지던 날. 토요일 수업이 끝나면 들르던 돈가스집. 많은 시간이 흘렀지만 인테리어는 그 시절 그대로였다. 포크가 뭉뚝해졌을 뿐, 숟가락에 나이테가 생겼을 뿐, 돈가스 크기가 조금 작아졌을 뿐, 가격이 990원에서 6,000원으로 올랐을 뿐, 벽거울이 반투명 유리창이 되었을 뿐, 의자와 탁자가 조금 작아졌다고 느꼈을 뿐, 내가 조금 나이를 더 먹었을 뿐, 현실이 추억이 되었을 뿐 그리고 내 앞에 놓인 요구르트가 한 개일 뿐.

　아트박스. 동화 속 공간, 꿈꾸던 세상 앞에서 잠시 머뭇거리다가 안으로 들어간다. 엄마와 함께 온 아이들, 여중생들 그리고 몇몇 여성들의 눈빛이 빛난다. 누군가는 동화 속 공간을 거닐고 있을 테고, 누군가는 기억의 공간을 거닐고 있을 테고, 또 누군가는… 아무 생각 없이 주위를 둘러보며 의미를 부여했던 순간을 생각한다. 이곳에 들어올 때부터 나를 쳐다보며 웃는 작은 소녀 인형을 손 안에 살며시 집어든다. 문득 남자는 두 명뿐이라는 걸 느낀다. 연인의 손을 잡고 들어온 미소년 같은 대학생 한 명 그리고 늙은 아이 한 명.

휴일 오전, 집에서 나와 독서실에 가기 전에 한 바퀴 빙 돌아 걷던 길을 걷는다. 똑같은 키의 그림자는 아무 말 없이 어제인 양, 그저 께인 양 한결같은 표정으로 걷는다. 삐걱거리는 건 나의 두 다리와 빛바랜 데생 같은 나의 얼굴뿐. 독서실 앞 플라타너스 나무 밑. 잠시 먹구름 사이로 햇빛이 내려앉자 그림자 사람 하나 나를 본다. 그 수많은 연습장에 무엇을 쓰고, 그리고, 연습했을까. 이내 사라진다. 윤슬을 머리에 쓴 그림자 한 명이 바닥까지 끌어 내린 목소리로 노래를 부른다. 가을이 오면.

4호선 지하철, 눈앞에서 전동차 문이 닫히고 다음 역으로 떠난다. 덜컹덜컹 심장을 두드리며, 두 눈의 기억을 레코드 테이프처럼 되감으며 그렇게! 무언가를 놓치면 다음을 기다리면 되지, 즐거운 마음으로 기다리면 돼! 승강장 의자에 앉아 건너편 사람들을 본다. 어디에서 왔고 어디로 가려는 걸까. 소녀 인형을 가방에서 꺼내어 본다. 낡은 시집 속 시 한 편을 중얼거린다. 다음 열차가 오고 승강장 문이 열린다. 사람들의 물기를, 하루의 무게를 머금은 눈빛이 어딘가로 신호를 보내고 있다. 미친 사람처럼 실실 웃고 서 있는 사람은 나뿐.

집 앞 계단에 앉아 밤하늘의 별과 달을 본다. 물기를 머금은 속마음이 시려 저리 빛나는 걸까. 그날이 고파 세상의 모든 마음을 둥글게 감고 있을까. 드러내지 않는 구름이 별과 달을 따뜻하게 보듬는다. 탄생, 기쁨, 슬픔, 희망, 좌절, 사랑, 이별, 미래, 과거, 행복이라는 마음에 스민 빗방울처럼 눈에 보이지 않는 단어들. 말하자면 아쉬움 같은 것들. 오랜 시간이 지난 토요일 밤.

기억이 오늘보다 더 길게 느껴지는 날
나는 저 하늘에 무엇을 쓰고, 그리고, 연습해야 할까?
이젠 오래된 기억들을 무엇이라고 이름 불러야 할까?

아무튼, 품절된 하루가 또 지나간다.
"무중력 공간처럼!"

5.
달과 별 사이를
여행할 때

헤어지긴 쉬워도 만나기는 어렵고

만나기는 쉬워도 헤어지긴 어려운

그런 사람,

그런 사람 하나

내 눈앞에 다시 나타난다면

달빛엔 덴 마음일지라도

세상에 못 갈 곳 없다.

그런 마음인 날, 저녁 산책을 하러 나갔다가 동네 입구 키 큰 나무 밑 의자에 앉아 달을 봅니다. 하나 둘 사람의 집 안에도 달이 뜨고, 하루 종일 불안한 눈알을 굴리던 자동차들이 거친 숨소리를 내며 모여듭니다. 타박타박 느린 발걸음 소리, 벨 소리가 울리면 천국의 문이 열리고 꽝 하는 소리와 함께 과거의 한 조각으로 사라집니다.

오늘밤 달빛이 참 좋습니다. 한쪽 입꼬리를 올리며 미소를 짓던 당신처럼 말입니다. 달이 뿌린 서리를 먹고 지낸 시간이 흰 종잇장 같은데, 어느새 내 머리 위에 소리 없이 하얀 달빛이 소복이 내려앉았습니다. 그 하얀 부피를 가늠할 길 없어 동네 개가 컹컹 짖던 그날처럼 말입니다. 그날 당신이 말했던가요? 아마 내가 지도에도 없는 비밀의 길을 혼자 무모하게 걷다가 지쳐 나무 밑에서 아무 생각 없이 고개를 숙이고 있을 때 말입니다. 사랑한다는 말이 듣고 싶을 때는 가만히 상대방의 눈을 들여다보라고. 그럼 말하지 않아도 그 사람의 마음을 느낄 수 있을 거라고….

순간 꽉 막힌 터널에 갇혀 있던 기차처럼 긴 한숨이 입술 사이로 새어 나왔지요. 오늘처럼 비밀의 길 위에 선 마음이면 당신을 또 만날 수 있을까요?

골목 끝, 아버지와 딸이 손을 잡고 걸어오고 있습니다. 아마도 하루 동안의 이야기를 즐겁게 나누나 봅니다. 두 부녀의 웃음소리가 밤 공기를 타고 흐르고, 딸의 가방을 멘 아버지의 어깨가 달빛에 물들고 있었습니다. 문득 오래전 아버지와 아들이 한 우산을 쓰고 걸어갔던 그날이 선명하게 떠올랐습니다. 자신의 한쪽 어깨가 투명한 빗물에 붉게 물들어 가는데도 점점 더 우산을 아들 쪽으로 기울이던 그날 말입니다. 그리고 세상의 모든 행복을 얻은 듯한 그 반짝이는 미소를 어떻게 잊을 수 있을까요. 그러고 보니 세상의 모든 아버지의 마음은 조용히 빛나는 별빛 같나 봅니다.

눈을 감는다. 말없이 제 속마음을 태우는 별빛을 느낀다. 자작나무 가지를 감싸 주는 바람의 노래를 듣는다.

이제야 조금 알 것 같습니다. 세상의 모든 아버지들이 퇴근 후 술에 붉게 물들어 삐뚤삐뚤 집으로 걸어올 수밖에 없음을. 달빛과 별빛이 스민 말할 수 없었던 그 마음을. 그 한쪽 어깨에 멘 생의 무게를.

그런 사람.
그런 한결같은 사람
다시 만날 수만 있다면
말없는 그림자라도 함께라면
세상에 못 갈 곳 없을 텐데
또 하나의 마음 끝에 설지라도….

다독여야 하는 밤, 달빛 한 잔에 '마음해장'하는 어느 여름밤입니다.

아무튼, 품절된 하루가 또 지나간다.
"한결같이!"

6.
참 좋은 날이야!
그럴 수 있다면

그럴 수 있다면 참 좋은 순간이야. 눈을 뜨면 너의 얼굴이 떠오르고, 감으면 너와 함께한 기차 안이 떠오르고, 다시 뜨면 너와 함께 먹은 음식이 떠오르고, 감으면 너의 입가에 닿은 가지런한 손가락이 떠오르고, 다시 눈을 뜨면 너의 귓불에 흐른 머릿결이 떠오르고, 감으면 너의 반쯤 접힌 얼굴이 떠올라 다시 눈을 뜨고, 난 잠을 잘 수 없어!

그럴 수 있다면 참 좋은 날이야. 한 걸음에 너의 목소리 꽃이 피고, 두 걸음에 너의 하루 그림이 그려지고, 세 걸음에 너의 행복한 마음이 아리게 스미고, 네 걸음에 너의 웃음소리 노래가 되고, 다섯 걸음에 너의 얼굴이 저 하늘 별이 되어 뜨고, 여섯 걸음에 너의 발자국 소리 달빛에 흐려져, 다시 한 걸음에 난 걸음을 멈출 수 없어!

그럴 수 있다면 참 좋은 세상이야. 들숨에 하얀 스케치북이 되면, 날숨에 스케치 없는 풍경화가 되고, 다시 들숨에 줄 없는 오선지가 되면, 날숨에 보이지 않는 되돌이표가 되고, 다시 들숨에 저 하늘의 별이 되면, 날숨에 빛 없는 태양이 되고, 다시 들숨에 불 꺼진 영화관이 되면, 날숨에 차가운 달빛이 되고, 다시 날숨에 난 숨을 쉴 수밖에 없어!

삶을 넘어, 시간을 넘어, 공간을 넘어, 사람을 넘어, 글에 뛰어난 사람은 글로 나를 괴롭히고, 그림에 뛰어난 사람은 그림으로 나를 괴롭히고, 노래에 뛰어난 사람은 노래로 나를 괴롭히고, 학문이 높은 사람은 학문으로 나를 괴롭히고, 권력을 가진 사람은 권력으로 나를 괴롭히고, 돈 많은 사람은 돈으로 나를 괴롭히고, 운빨 좋은 사람은 운빨로 나를 괴롭히고, 그리운 사람은 그리움으로 나를 괴롭히고, 외로운 사람은 외로움으로 나를 괴롭히고, 가식적인 말이 많은 사람은 가식적인 말로 나를 괴롭히고, 눈물 많은 사람은 눈물로 나를 괴롭게 하는 세상.

그래서 가끔 잠을 잘 수도, 걸음을 멈출 수도, 숨을 멎을 수도 없어. '누군가 내게 손 내밀어 주면 좋을 텐데' 하는 마음이 생긴다면, 그 시간에 기존의 인생관과 가치관을 바꾸겠어. 몸에 병이 나서 링거 맞는 모습, 약 봉투 사진 올릴 힘이 있다면, 그 시간에 병의 원인을 찾아내고 습관과 마음을 바꾸겠어. 죽어라 공부해도 죽는 사람 못 봤고, 아무리 바꾸라고 간절히 빌어도 잘 바뀌지가 않잖아. '출발점'과 '기준점' 이 모두 다르니까.

"염치 한 마리 몰고 가세요?"

느린 달팽이가 천 리 가듯, 조금도 움직이지 않는 것 같은 담쟁이가 담 넘어가듯, 어둠 속에도 별은 떠 있듯, 구름 뒤에 태양이 떠 있듯, 눈물 다이어트가 필요 없는, 이젠 웬만한 사건엔 면역력이 생긴 심장처럼 끄떡없는 '너머'의 세상을 상상하는 지금, 여기! '마음지도'를 바꾼 오늘. 참 다행인 날이야!

영화를 보는 날, 너를 바라보는 날, 기억 속의 아버지를 만나는 날, 내 인생에서 가장 기쁜 3일. 이젠 누가 날 좀 봐 준다면! 사라져 가고 다시는 되돌아올 수 없는 것들을 애도하는 것도 인간이 만들어 낸 연민이겠지만 그래도 아주 사소한 기억에 숨겨져 있던 것들, 잊고 지낸 것들이 주는 소중함의 또 다른 의미랄까. 작은 것, 순간에서 내 마음이 따뜻해질 수 있다는 걸 알게 된 '오늘'이 내 인생에서 가장 젊고 따듯한 선물처럼 느껴진다.

아무튼, 품절된 하루가 또 지나간다.
"어긋냄과 어긋남의 삶처럼!"

7.
너에게 가는 길이
가장 멀다

있다 : 모든 하루가 낯선 적

잇다 : 별과 달 사이를 여행하며

익다 : 내 마음속 붉은 꽃이

읻다 : 순수했던 시간, 순간

잊다 : 아쉬움, 안타까움이 거짓말처럼 신발 자국 위로 떨어지는 순간을

같다 : 달이 차오르고 기울어도, 꽃이 피고 져도 그 마음은

갖다 : 생각하고 지워 버리고 다시 너에게로 가는 꿈 다시

업다 : 좋은 날, 슬픈 날 모두 푸른 등에

엎다 : 아쉬움, 안타까움 내 마음 가장 깊은 곳에

없다 : 단 한 번도 눈이 기억하는 시간, 마음이 기억하는 순간을 잊은 적이

너에게로 가는 길, 문득 신호등 앞에 멈춰 선다. 빨간불, 멜로디, 초

록불 정해진 궤도를 돈다. 길 맞은편 횟집 간판의 물고기 한 마리 튀어 오른다. 빨간불이 활활 타올라도, 노래가 울고불고 난리를 쳐도, 초록불이 출렁여도 바다는 말이 없다. 모든 하루가 낯설었어도… 한 순간도 너를 잊은 적이 없다. 자음과 모음의 사랑처럼!

그대가 보고 싶고 외롭다면, 길가에 핀 이름 모를 꽃잎을 만진다. 그대가 내 머릿결을 만져 주는 순간을 느낄 수 있다. 공원 나무 밑 나무의자에 앉아 나뭇잎 사이로 비치는 눈부신 햇살을 본다. 그대를 처음 만난 순간을 느낄 수 있다. 사람이 많은 거리에서 욕을 한다. 그대와 말다툼하는 시간 속으로 순간이동을 할 수 있다. 그리고 생각한다. 어느 순간이 좋았는지를, 그대에게 어울리는 한 단어를, 그대에게 해주고 싶은 것을. 그대의 마음을. 그리고 연습한다. 그대에게 하고 싶은 말을. 그대에게로 가는 길은 연습이 필요하다.

나에겐 외로울 시간이 없다! 단, 너에게로 가는 길이 가까워질수록 나에게로 가는 길은 멀어진다.

아무튼, 품절된 하루가 또 지나간다.
"달만 생각하는 달맞이꽃처럼!"

집으로 가는 길, 하늘의 구름을 보며 피식 웃었다. 이런들 어쩌리, 저런들 어쩌리. 우린 외로운 사람들일 뿐.
침을 삼키다가 눈물을 삼키다가 체해도 간신히 버텨 내고 있는 사람들일 뿐!

8.
내게 거짓말을 해 봐?
너에게 나를 보낸다!

꽃 한 송이 사 줄까?

화분 사 줘. 물을 줄 때마다 네 생각하게!

아빠 닮아 성질머리하고는?

엄마 닮아 예쁘잖아!

아~ 이 출렁이는 뱃살을 어쩌리?

전쟁 나면 좋겠다. 총알도 못 뚫고 잠들겠어!

어쩜 이리 못생겼나 몰라?

눈망울은 참 깊구나!

오늘부터 다이어트할 거야?

여름이니까 발가락 살만 빼면 돼!

눈동자 두 개, 콧구멍 두 개, 귓구멍 두 개, 입 구멍은 한 개!

입 구멍만 한 개인 이유는? 사람의 한마디는 멀티플렉스. 웃기고 슬프도록 아름다운 영화관이니까!

꽃이 예쁘다. 바람이 분다. 꽃비 내린다. 소녀가 웃는다. 사진을 찍는다. 마음속 가장 깊은 곳에 숨겨 둔 추억을 꺼내어 본다. 모두 예쁘다. 예쁜 마음으로 보면 모든 날이 축제다. 어떤 추억을 가지고 있느냐, 어떤 마음으로 보느냐에 따라 살아 있는 동안이 매일 지옥이고, 매일이 축제다. 추억 속에만 존재하는 플라타너스 나무 아래서 해맑게 웃던 나 그리고 그 장소에 대한 심장의 울림에 답이 있지 않을까?

"가장 아름다운 순간이 언제였어요?"

"그리운 사람이 내 옆에 있던 모든 날!"

혹, 마음을 행동으로 옮기게 될 순간이 온다면, 너무 울어 눈물이 모두 말랐고, 가슴 뛸 날이 없는 나에게 어느 날 문득 자꾸 눈에 밟히는 사람 하나 있다면. 내 생에 두 번째 사랑이 온다면….

만나라, 사랑하라!

설령 미친 사랑일지라도 너에게 나를 보내라!

시간이 없다. 시간은 항상 우리에게 불공평하니까!

단, 사랑은 너를 만나고, 너를 생각하는 순간부터 시작된다.

아무튼, 품절된 하루가 또 지나간다.

"빛을 찾아 걷는 나무처럼!"

9.
너만 없던,
완벽한 시간

바람을 만나러 가서는
당신을 만나고 옵니다

향기를 만나러 가서는
당신을 만나고 옵니다

음악을 만나러 가서는
당신을 만나고 옵니다

어쩌면 처음부터 당신을 만나러
그곳으로 간 것인지도 모릅니다

내 연인은 변덕쟁이?
내 마음이 변덕쟁이!

영원히 나 혼자 가지는 사랑.

그러고 보니, 얼마 전부터 낮 12시가 넘으면 리코더 소리가 들렸습니다. 제가 이어폰을 꽂고 노래를 들으며 책을 읽는 시간이기도 하고, 운동을 하고 점심을 먹고 난 후 참을 수 없는 졸음이 몰려오는 시간이기도 하지요. 처음 리코더 연주를 들은 날은 아마 오랫동안 소식도 듣지 못했던 학창 시절의 친구와 긴 통화를 한 후 지난 추억에 빠져 있을 때였던 것 같습니다. 그래서일까요? 이곳에 살면서 한 번도 들어 본 적 없는 참 단순한 악기의 선율이 수선화 향기처럼 감미로웠습니다. 특히 제가 살고 있는 아파트가 ㅁ자 구조여서 마치 공연장에서 연주하는 것처럼 리코더 소리가 들렸지요. 며칠이 지났을 무렵, 약속이 있어 오랜만에 외출하는데 또 리코더 소리가 들렸습니다. 누가 이 시간에 리코더를 연주할까? 약속장소로 가는 동안 곰곰 생각해 보았습니다. 유치원생이나 초등학생? 아니야, 유치원과 학교에 가 있을 시간이니 일단 리스트에서 제외했습니다. 하지만 성인이 연주한다고 생각하기엔 연주 솜씨가 서툴러 도무지 감을 잡을 수 없었습니다. 아, 한 가지 특이한 건 매일 한 시간 넘게 같은 곡만 연주한다는 겁니다. 바로 영국의 음악가 애드워드 엘가가 작곡한 〈사랑의 인사〉입니다. 더 이상한 건 어느 날부터 서툰 레코더 연주를 제가 기다리고 있다는 겁니다. 휘파람으로 따라 부르기도 하고, 심지어 컴맹 수준인 제가 유튜브에서 악보를 찾아 손동작으로 연주를 하고 있더군요. 입가에 미소가 지어졌습니다. 아무도 보는 사람이 없지만 제 양볼이 붉게 물들었습니다. 혹 리코더 연주 소리에 중독된 건 아닐까요? 그런데 저

끄떡없이 버텨 내야 할 하루하루. 그래도 기억해야 할 오늘 하루.
아무 생각 없는 지금이 실질적 행복일까? 한참 그 끄떡없었던 하루를 간신히 맛본다.

만 그런 게 아니었나 봅니다. 저희 집 두 층 아래에는 음대에서 피아노를 전공하는 여학생이 살고 있는데, 비 오는 날 가끔 리코더 연주가 시작되면 음대 학생도 함께 〈사랑의 인사〉를 연주하더군요. 한낮 숲속에 둘러싸인 아파트에서 〈사랑의 인사〉를 듣는 이 기분, 어떤 말로 표현할 수 있을까요?

그러고 보니, 얼마 전부터 리코더 연주가 시작될 시간 즈음에는 아예 서재 소파에 누워 책을 읽습니다. 기억 속 한 소녀의 생각을 켜 놓은 채 말입니다. 누구나 한 번쯤 겪었을 학창 시절의 추억이랄까요? 얼굴도 또렷이 기억나지 않는 '베이비 그린' 빛 소녀도 이젠 얼굴에 붉은빛 꽃물이 들었겠지요. 제게는 어린 날의 동화 같은 추억이지요. 고등학교 2학년 시절, 밤 10시쯤 독서실에서 공부를 하다가 졸음이 몰려와 자판기에서 밀크 커피 한 잔을 뽑아 마시고 있을 때였습니다. 어디선가 악기 연주 소리가 들렸습니다. 비가 막 그친 후 습기 먹은 날씨 때문일까요? 저음으로 느리게 울려 퍼지는 연주 소리가 온몸을 휘감아 돌더군요. 최면술에 빠진 사람처럼 한 발짝도 움직일 수 없었습니다. 연주가 끝난 후에도 한동안 멍하니 서 있었습니다. 다음 날도, 그 다음 날도 그 시간이면 어김없이 악기 연주 소리가 들렸습니다. 어느 날부터는 연주 소리가 어디서 들리는지, 누가 연주를 하는지 궁금해 공부를 할 수 없을 정도가 되어 버렸지만 도무지 그 악기 소리가 나는 집을 찾을 방법이 없었습니다. 한 가지 알아낸 건 그 악기가 첼로라는 것밖에. 어쩐지 바이올린이라고 하기엔 소리가 너무 무겁다고 생각했는데, 처음 들어 보는 악기 소리였으니 당연히 모를 수밖에요. 가끔 간절한 마음은 '우연'이라는 뜻밖의 일로 이루어지나 봅니다. 시험 성적표를 받고 마음이 우울해 독서실 주위를 걷고 있을 때였습니다. 길 끝에서 아주 커다란 가방을 메고 걸어오는 한 소녀가 보였습니다. 저렇게 큰 가방도 있나 싶었습니다. 그때 오토바이 한 대가 빠른 속도로 경적을 울리며 소녀 곁을 지나갔습니다. 소녀의 모습이 아침 안개처럼 희미하게 사라지더군요. 무의식적으로 소녀에게 뛰어갔습니다. 다행히 소녀는 다친 곳은 없었고, 오토바이 경적 소리에 조금 놀란 듯했습니다. 소녀는 내게 고맙다는 인사를 건넸고, 저는 소녀의 집 앞까지 어깨가 닿을 듯 말 듯한 거리를 두면서 함께 걸었습니다. 가로등을 지날 때 조심스레 곁눈질로 보니 소녀의 초록색 교복에 ○○여고 ○○○이라는 이름이 보였습니다. 어쩐지 이 동네에서 볼 수 없는 교복이다 싶었는데 가을바람이 지나간 듯 가슴속이 설렜습니다. 독서실에서 좌회전해 30여 미터 거리에 있는 3층 건물 안으로 아주 큰 가방을 멘 초록 교복 소녀가 사라졌습니다. 잠시 건물 앞에 멍하니 서 있는데 3층 맨 오른쪽 창문에 불이 켜졌습니다. 아마도 소녀의 방이었을 겁니다. 짧은 시간 동안 갑작스럽게 일어난 조금 전 일을 생각하니 왠지 모르게 미소가 지어지더군요. 독서실로 가려고 돌아서려는 순간 매일 듣고, 궁금해 참을 수 없었던 첼로 소리가 들려왔습니다. 연주가 끝날 때까지 창가 밑에 서서 밤하늘의 별을 올려다보았습니다. 연주가 끝나고 창문에 잠시 비친 소녀의 모습, 한참 후에 알게 되었지만 바흐의 〈무반주 첼로〉. 어떻게 잊을 수 있을까요. 그날 이후 고등학교 시절이 끝날 때까지 그 시간이 되면 3층 창문이 보이는 길가에 앉아 첼로 음악을 들었습니다. 소설 속 한 장면처럼, 창문을 열어 놓고 세레나데를 불러 주는 아름다운 청년을 기다리는 마음으로.

그러고 보니, 요새 자주 비가 내립니다. 몇 십 년 만에 가을장마가 왔다고 합니다. 어김없이 〈사랑의 인사〉를 연주하는 리코더 소리가 들렸습니다. 피아노 연주 소리도 함께 말입니다. 잠시 비가 멈추었을 때 운동화를 신고 아파트를 걸었습니다. 102동, 103동일까? 귀는 리코더 선율의 움직임에 따라 움직이고, 시선은 아파트 베란다를 따라 움직이고, 양다리는 왔다 갔다 헤매며 아파트를 열 바퀴나 돌았지만 리코더 연주 소리가 들리는 곳은 찾을 수 없었습니다. 그날 이후론 포기하고 그 시간에 맞춰 걷기 운동을 하다가 키 큰 나무 밑 나무의자에 앉아 음악 감상을 했습니다. 요새처럼 비가 오는 날엔 숲에서 부는 바람소리와 낮게 나는 새소리까지 어우러지니 여느 오케스트라 선율 못지않은 한낮의 꿈같은 연주랄까요?

그러고 보니, 어제부터 다시 서재 소파에 누워 책을 읽습니다. 학창 시절 초록 교복을 입은 첼로 소녀를 생각하며, 리코더 연주를 하는 여인의 모습을 상상하며, 한밤의 첼로 연주, 한낮의 리코더 연주를 듣습니다. 창문을 열어 놓고 세레나데 불러 주는 아름다운 청년을 기다리는 마음으로. 그런데 아파트 경비실 앞을 지나다가 우연히 들은 경비 아저씨와 한 아주머니의 대화 한마디. "○○○동 ○○○호 할머니는 몇 년째 똑같은 곡만 피리로 부는데 어쩨 실력이 예나 지금이나 똑같네요!" 때론 한 편의 동화 같은 추억, 소설의 한 장면 같은 상상은 눈에 보이지 않는 것, 다시는 눈으로 볼 수 없는 것이기에 슬프도록 아름답게 느껴지는 것인지도 모릅니다.

소설 『소나기』 속의 소녀는 아직도 징검다리에 앉아 소년을 기다리고 있을까? 소설 『그리스인 조르바』 속의 할머니는 아직도 창문을 열어 놓고 세레나데 불러 주는 아름다운 청년을 기다리고 있을까? 현재라는 연극 속의 나는 비가 내 님의 눈물이 아니라는 걸 알고 있으면서도 아직도 어느 길을 찾아 헤매고 있을까?

내가 우정이라고 생각했던 것들은 모두 사랑이었다.

아무튼, 품절된 하루가 또 지나간다.
"그 소녀 데려간 세월이 미운 것처럼!"

10.
0시의 이별,
빗물에 젖지 않는
눈물처럼!

"외로우십니까? 아쉬움 때문일까요? 촉촉이 내리는 비 때문일까요? 오늘의 신청곡은 서울 쌍문동에 사시는 말순 씨의 〈0시의 이별〉입니다."

밤안개가 자욱한 길 깊어 가는 이 한밤

너와 나의 주고받는 인사는 슬펐다

울기도 안타까운 잊어야 할 아쉬움

원점으로 돌아가는 0시처럼

사랑아 안녕!

아버지 기일. 하지만 집안에 여러 우환이 겹쳐 제사를 지내지 못했다. '집안의 우환'하고 제사하고 무슨 상관이냐고 할 수도 있겠다. 하지만 긴 세월 지켜온 이 집안의 법도가 그러한 걸 어찌 할까. '미신'도 '믿음'도 모두 한마음에서 나온 것이고, 서로의 안위를 걱정하고 위하는 마음이야 한결같을 테니까. 하루 종일 죄스러운 표정으로 하루 한 번 외던『천수경』을 세 번씩이나 외시는 엄니를 보니 천 길 물속 같은 마음 조금은 알겠다 싶다. 평소처럼 저녁 9시에 주무시려고 방으로 들어가셨지만 눈 오는 날 그리운 사람의 발자국 소리를 기다리는 마음처럼 뒤척이는 소리 또렷하게 들리는데…. 웬일인지 자정이 다 되어 방에서 나오신 엄니는 머뭇머뭇하다가 말을 이으셨다.

"노래 한 곡만 틀어 줄 수 있것냐?"

"뭔데? 별일이네요. 노래를 다 틀어 달라고 하고."

"배호의 〈0시의 이별〉 말이여?"

뜻밖이었다. 함께 산 세월이 얼마인데, 난생처음 겪는 일이었다. 난 아무 말도 하지 않고 노트북을 열어 유튜브에서 노래를 찾아 튼 후 자리를 비켜 드렸다.

난생처음 노트북 앞에 앉아 노래를 듣는 여인 그리고 뒷모습이란! 그 하얀 여백 위에 무슨 그림을 그리고, 무슨 영화를 찍고, 어떤 글을 쓰고 있을까?

잊히지 않는 것
잊을 수 없는 것
빗물에 젖지 않는 눈물
반쯤 접힌 심장을 촉촉이 적시는데.

이젠 빛바랜 기억 속에만 존재하는 사람, 만질 수 없는 사람, 지워도 지워도 지워지는 않는 심장의 지문 같은 사람, 원점으로 돌아가는

0시처럼! 지금, 여기 그리고 오늘은 '눈물 다이어트' 실패!

길게 한 번 울었다.

아무튼, 품절된 하루가 또 지나간다.
"울기도 안타까운 잊어야 할 아쉬움처럼!"

11.
크라잉 룸,
그 마음

이른 아침 키 큰 나무 밑 나무의자 옆, 제자리에서 견딜 수 없을 때까지 여민 제 속을 보여주지 않던 꽃봉오리 하나 마침내 꽃을 피웠다. 애간장을 태우던 속이 터진 사람처럼.

9층, 80대 노부부와 50대 남자가 산다. 남자는 집 앞 키 큰 나무 밑 나무의자에 앉아 담배를 피우며 하루를 시작한다. 동네 어떤 사람과도 인사와 대화를 나누지 않는다. 엘리베이터에서 키 큰 나무 밑 나무의자까지 걸어가는 동안에도 시선은 항상 하늘을 향해 있다. 한 시간에 한 번씩 나무의자의 주인이 되는 남자는 하늘을 향해 동네가 울릴 정도로 ○○○이라는 사람의 이름을 부른다. 동네 사람들은 남자를 피하거나 애써 키 큰 나무 밑 나무의자 쪽에 시선을 두지 않고 빠른 걸음으로 지나친다.

남자에게는 두 가지 은밀한 이야기가 따라다닌다. 젊은 날 군대에서 폭행을 당해 몸이 불편해졌다는 설과 대학 시절에 학생운동을 하다가 잡혀 고문을 당했다는 설. 동네 사람들은 물기가 있는 날은 몸을

나는 느껴지지 않게, 보이지 않게 조금씩 늙어 갈 것이다. 그리고 생각한다.
인간이 가장 견딜 수 없을 정도로 가슴 아픈 건, 누구나 자기 자신이 견딜 만큼만 아파하며 살고 있기 때문이라고.

숨기는 남자를 보며 두 번째 설에 무게를 두었다. 어떤 날은 지나는 사람들의 귀에 들릴 정도로 떠벌리기도 했지만 남자는 왼쪽 눈을 잠시 감을 뿐 아무런 말도 하지 않았다. 어느 날부터 남자는 일요일에도 키 큰 나무 밑 나무의자를 비웠지만 동네 사람들은 의자에 눈길도 주지 않은 채 지나쳤다. 있는 듯 없는 듯 공기처럼!

한 달 전, 7년 만에 남자에게 인사를 건넸다. 남자는 두 눈을 한 번 깜빡거렸다. 남자 옆에 앉아 함께 담배를 피우며 하늘을 보았다. 다음 날부터 우린 인사를 건네는 사이가 되었고 우리 집에서 단둘이 차를 마시기도 했다. 그날 남자의 미소 짓는 얼굴을 처음 보았다. 남자는 아무 말도 하지 않은 채 거실 붙박이장의 책과 서재를 본 후 집으로 돌아갔다.

이틀 전부터 남자의 모습이 보이지 않았다. 저녁식사 중에 엄니가 말했다. 9층 남자가 우리 집에서 차를 마시고 간 적이 있냐고. 난 아무 대답도 하지 않고 미소를 지었다. 다음 이어진 말에 간신히 숨을 내쉬었다. 9층 남자가 죽었다고! 교회에서 기도하다가 쓰러져 죽었다고. 아침에 쓰레기 분리수거를 하러 나갔다가 남자의 노부에게서 들었다고. 아래층 남자의 집에서 차를 마셨고, 자기도 크라잉 룸이 필요하다는 말도 함께….

내일부터 장마가 시작된다고 한다. 올해는 예년보다 기간이 길고 강수량도 많다고 말하는 기상캐스터의 얼굴에서 물기가 묻어났다. 밤

산책을 나갔다. 키 큰 나무 밑 나무의자, 다시 제 속을 여민 꽃봉오리 하나 하늘을 향해 있었다. 담배에 불을 붙여 남자가 항상 앉던 자리에 놓아두고 하늘을 보았다. 달 하나, 별 하나 떠 있었다. 숨소리를 바닥 끝까지 끌어내리고 나직한 목소리로 ○○○을 불러 보았다. 돌아오지 않는 메아리⋯ 기다린 날에도. 사람이 혼자일 때 얼마나 아름다운 빛이 나는지를 잊고 사는 건 아닌지 모르겠다.

저 하늘의 별이 반짝반짝 빛나 보여도
그 깊은 속마음은 누가 알까?
100년 된 키 큰 나무 한 그루,
달의 마음을 둥글게 감고 있다

다 잊으면 꽃 필까?

아무튼, 품절된 하루가 또 지나간다.
"나무를 내려다보는 별의 마음처럼!"

12.
망설이면
품절!

"영원히 잠든 당신이 날 흔들어 깨웠어. 지금처럼 불구덩이 속에 누워 있다가는 금세 타 버릴지도 모른다고. 거긴 가시밭길이라고. 밀리면 끝장이라고. 눈을 뜨자 고여 있던 눈물이 거짓말처럼 흘러내렸어. 아마 당신의 안타까운 마음이 흘러내린 건지도 몰라. 절취선 그어진 하늘엔 먹구름이 가득해. 그래도 태양은 벌써 떠 있을 테고, 길가의 작은 꽃들은 웃고 있을 테지. 아침식사는 단순하게 먹을까 해. 그럼, 빵과 우유로 할까? 아니야, 당신이 잠든 그날 오후 흰 밥의 구수한 냄새와 생선 한 점의 비린내가 날지도 몰라. 그럼, 날도 더운데 국수 한 그릇은 어떨까? 아니야, 함께한 시간을 그렇게 간단하게 넘길 순 없지! 그럼, 누룽지 한 그릇은 어떨까? 구수하고 바싹한 기억을 따뜻한 물에 넣어서 말이야. 그게 좋겠어. 불구덩이 같은 솥에서도 지치지 않고 눌러 붙어 있는 그 참힘 한 그릇을 먹으면 모든 걸 견딜 수 있는 제대로 된 어른이 될 수 있을지도 몰라. 비가 내리네. 눈에 보이지 않는 설레고 불안하고 안타까워 푸르게 취하던 날들은 다시는 오지 않을지도 몰라. 그래도 괜찮아. 당신의 두근대던 푸른 향기가 손끝에 남

평생 믿고, 의지하고, 사랑한 신(神)들은 모래로 만들었는지 내 안에서 자꾸 허물어진다.
오로지 만리장성 같은 잘 구운 내가 지키고 싶어 하는 것들이 굳건히 그 자리에 버티고 있었기 때문일지도 모르겠다.

아 있으니 말이야. 배고파도 죽겠고 배불러도 죽겠다고 떠벌리던 날들. 그런 눈빛으로 보지 마. 오늘 하루는 그 '죽을 만큼'의 힘으로 '그냥' 웃을게. 지치지 않는 누룽지처럼."

망설이게 했던 그 순간, 망설이다 전하지 못했던 그 말. 망설임의 무게를 견디지 못했던 그날. 그대가 살아 있는 모든 날, 세상의 모든 건 망설이는 순간 품절! 다시 할 수만 있다면, 할 수만 있다면….

그대 처음 만나던 날, 그대 떠나던 날을 생각한다. 사랑도, 이별도, 추억도, 그리움도, 외로움도, 기쁨도, 슬픔도 내 기억 안에 저장되어 있는 용량은 단 1분! 한순간밖에 남아 있지 않는 것에 평생 아파하고 그리워하는 건 아닌지 모르겠다.

일생의 모든 풍경은 한 번뿐이다. 그리고 한순간이었다.

아무튼, 품절된 하루가 또 지나간다.
"순간에서 천년처럼!"

13.
마음속
끝나지 않은
약속 하나!

　매일 아침 운동이 끝나면 지름길을 놔두고 10분을 빙 돌아 집으로 옵니다. 어느 비 오는 주말 아침, 우산을 안 가지고 동네 산책을 나갔다가 잠시 비를 피하려고 무작정 단독주택 처마 밑으로 들어서는 순간이 우리의 첫 만남이었지요. 겨우 사람 한두 명 지나다닐 정도로 좁은 골목에 헤어숍이 있다는 것도 놀라운데 유리문 앞 세 여인이라니요! 그것도 "맑은 하루 보내세요?"라는 말을 하는 듯한 표정을 지으며 말입니다. 빗줄기는 약해졌지만 저는 한참을 처마 밑에 서 있었습니다.

　어느덧 20여 년의 세월이 흘렀습니다. 하늘하늘 때 이르게 핀 코스모스 같던 헤어디자이너는 두 자녀를 둔 중년의 여인이 되었습니다. 헤어숍 간판도 두 번 새 얼굴로 성형을 했지만 여전히 세 여인은 처음 본 그날과 똑같은 방부제 미모를 뽐내고 있었습니다. 그 주인공을 소개합니다. 브룩 쉴즈, 다이안 레인, 피비 케이츠! 어릴 적 학교에 간 누나 대신 문방구에 가서 사던 엽서의 주인공. 학창 시절 코팅된 책받침 속의 주인공을 오랜 세월이 흐른 후에 동네 좁은 골목에서 만나다니요. 참 기쁘고, 반갑고, 한 편으로는 왼쪽 가슴이 아렸습니다.

동화 속 요정들의 눈빛
흑백필름 곳곳에 숨겨진 암호 같은 빛깔
그릴 수 없는, 만질 수 없는 마음의 풍경.

오늘도 전 이른 아침 운동을 마치고 헤어숍 유리문 앞에 설레는 마음으로 서 있습니다. 하지만 가슴 설레던 청년은 온데간데없고 유리문에 비친 동네 늙은 아이를 본 순간, 말할 수 없었던 마음이 한숨이 되어 나오더군요. 푸른 하늘도, 세 여인도 그대로인데, 나만 세월의 흐름을 따라 떠나 다닌 건 아닌지? 하지만 실망하지 않습니다. 설레는 내 마음엔 'CLOSED' 푯말은 없고, 'OPEN'만 있을 뿐이니까요! "흥! 예쁘면 다야? 맑은 하루!" 오늘은 제가 먼저 아침인사를 건네 봅니다. 가끔, 찌질한 생각을 하며 하루를 시작하는 나는 오늘도 행복합니다.

소나기가 내린다면, 구름 위로 올라가자
바람이 분다면, 비켜 서자
그래도 흔들린다면, 춤을 추자 막춤을
제 속을 확 뒤집은 후 평온해지는 에메랄드빛 바다처럼

집으로 돌아오는 길
때 이르게 핀 코스모스를 본 설레는 마음으로

아직 끝나지 않은 약속 하나

마음속 가장 깊은 곳에 숨겨둔 너!

아무튼, 품절된 하루가 또 지나간다.

"간신히 추억!"

망설이게 했던 그 순간, 망설이다 전하지 못했던 그 말, 망설임의 무게를 견디지 못했던 그날,
그대가 살아 있는 모든 날, 세상의 모든 건 망설이는 순간 품절!

14.
기다린다,
돌아오지 않기를

넌 없고,

지나간 일을 좇을 수 없고
다가올 일은 기약할 수 없고

마음속에 접어 둔 오래된 기억

이젠 달달하게, 때론 엘레강스하게

가끔 주목 받고 싶고
가끔 삶이라는 단편영화의 주인공이 되고 싶고

마음속에 간직한 오래된 향기

이젠 자연스럽게, 때론 루즈하게

난 있고,

너를 바라보는 내 오래된 지병!

너도 그대처럼
나를 떠나가라

기다린다
남은 날들의 꿈을 꿀 동안
돌아오지 않기를!

아무튼, 완벽한 하루가 시작될 것이다.
"너만 없는 완벽한!"

울지도 못한 완벽했던 시간
오른쪽 발목이 축축하다
격리된 천국을 흘깃 뒤돌아본다
바닥 끝까지 숨소리를 끌어내리고
그 마음,

참 다행이다!

2부

울지도 못했던,

완벽한 시간

1.
그런 날,
난 천천히 울었다

추억은 현실에 없고 두 눈동자에 꽃으로 필 거야
도심에서 이름 모를 여자의 눈빛을 보았던 순간
사람 없는 바닷가에서 대답 없는 바람을 맞던 시간
눈 오는 산에 올라 소리 지르던 순간
눈뜨기 싫어 눈 감고 이슬비 같은 숨 쉬던 시간

순간과 시간 사이로 많은 눈물이 흘렀다고
기억과 추억 사이로 흐른 눈물이 무겁다고

동백꽃인들 저리 붉을까?
추억이 오늘보다 또렷해 아무것도
생각하기 싫은 날
그런 날, 나는 천천히 울었다

사랑한다던 너의 입에서 헤어지자는 말 듣던 순간

오직 나만을 위해 이 땅에 온 사람과 함께한 시간

영원히 옆에 있을 것 같던 사람이 눈을 감는 순간

문득 일어나 보고 싶단 말하고 추억을 지운 시간

순간과 시간 사이로 많은 눈물이 흘렀다고

기억과 추억 사이로 흐른 눈물이 무겁다고

동백꽃인들 저리 붉을까?

추억이 오늘보다 깊어 아무것도

하기 싫은 날

그런 날, 나는 천천히 울었다.

그리운 사람이 줄다 보니 만나는 사람도 줄어들었다. 강의를 나가는 날을 빼면 한 달에 두 번 정도 외출을 할 정도였다. 오랜만에 후배의 전화를 받았다. 마음이 내키지는 않았지만 얼마 전 결혼하기로 약속했던 애인과 헤어졌다는 말에 외출을 했다. 눈물을 글썽이던 후배가 술 한 잔을 마신 후 뜬금없는 질문을 했다.

"인생에서 가장 기억에 남는 순간이 언제예요?"

"추억이 된 순간과 시간 아닐까? 기쁘든 슬프든."

"그렇다면 기억과 추억은 뭐가 달라요?"

"그리움이 남아 있지 않으면 그냥 기억이고, 그리움이 남아 있으면 추억이고."

"슬픈 기억도 추억이 돼요?"

"추억이 항상 아름다운 것은 아니지만 그 순간만큼은 누군가와 '함께' 있었다는 게 중요하지. 예를 들면 아버지가 돌아가시는 슬픈 순간에도 그때 나와 아버지는 같은 장소에 '함께'였지. 그러니 너도 지금은 연인이랑 헤어져 괴롭겠지만 먼 훗날에도 그 사람이 그리우면 추억이고, 반대면 기억이겠지. 추억 한 편이라도 남기를 바라는 수밖에."

다시는 순간과 시간을 함께할 수 없다는 걸 느꼈을 때 가장 슬펐다. 인간으로 태어났다면 누구나 헤어질 수밖에 없는 순간이 있다. 죽는다는 것! 이젠 눈으로 볼 수 없는 사람이 있다는 것! 추억이 아름답고 가슴 아픈 것은 딱 한 단어 '함께'였다.

오래전 엄니가 외가댁에 가시고 아버지와 내가 각자의 식성에 따라 라면을 끓여 먹던 시간. 유명 브랜드 빵을 먹다가 초등학교 급식 빵을 남겨 가지고 집으로 와 내게 건네주던 누나의 앳된 얼굴이 떠오르는 순간. 고등학교 시절에 담배를 피우다 걸려 학교에 불려온 그날의 이야기를 오랜 세월이 흐른 후 듣는 순간. 새로 산 가방의 가격표를 떼다가 초등학교 입학식 전날 가방과 공책, 연필, 필통을 건네며 한마디하시던 아버지의 눈을 보던 순간. 대학 시절 친구들과 수업 빼먹고 고스톱을 치던 시간. 최소 3일은 살 거라는 의사의 말을 들었지만 한 시간 만에 눈을 감던 그 사람의 모습을 본 순간. 회사에서 잘리고 집에 와 자의적으로 관두었다고 말할 때 심장이 뛰던 순간. 술을 마시고 내뱉은 내 인생에 결혼은 없다는 악담을 듣고 아무 말 없이 방으로 들어간 엄니의 『천수경』 읽는 소리를 듣는 순간.

내 머릿속에 많은 기억이 남아 있는 걸 느낄 때 새삼 놀라곤 한다. 좋은 기억! 나쁜 기억! 문득 떠오르는 일상적인 기억! 기억이 있으니까 추억도 있는 것이지 하며 위안을 삼아 보지만 아름다운 추억도 슬프게 느껴지는 요즈음이다.

추억이 지금 이 순간보다 깊게 느껴져 동백꽃을 보는 날
시간과 순간 사이에서 오갈 뿐 아무것도 하기 싫은 날
이젠 '함께'할 수 없어 눈물마저 무겁게 느껴지는 날
노을이 물들 시간이 아닌데도 모든 풍경이 붉게 보이는 날.

후배와 헤어진 후 한참을 걸었다. 괜히 아버지 이야기를 해서인지 마음이 울적했다. 동네 하천 다리 위에 작은 불빛이 눈에 들어왔다. 낯익은 냄새가 코끝을 자극했다. 어릴 적 아버지와 함께 가끔 가서 먹던 음식 냄새였다. 혼자 온 사람은 나뿐이었다. 소주 한 병과 서비스 안주로 삶은 메추리알이 나왔다. 한참 동안 접시에 담긴 메추리알을 보았다. 급하게 소주 반병을 비웠지만 메추리알 껍질을 까지는 못했다. 안주가 나왔다. 바싹 구운 곰장어.

그랬다. 어릴 적 아버지는 굳은 표정으로 가게 문을 닫고 가끔 포장마차에 나를 데리고 가셨다. 아버지는 곰장어에 소주를 마셨고 난 우동과 달걀보다 비싼 삶은 메추리알을 먹었다. 처음 메추리알을 봤을 때 깜짝 놀랐다. 이렇게 작은 달걀이 있다니. 어린아이의 입 크기에 딱 맞는 사탕 크기의 메추리알. 입 안에 뺐다 넣다 하다 보면 어느새

때론 한 편의 동화 같은 추억, 소설의 한 장면 같은 상상은 눈에 보이지 않는 것,
다시는 눈으로 볼 수 없는 것이기에 슬프도록 아름답게 느껴지는 것인지도 모릅니다.

아버지는 술기운에 붉어진 얼굴로 환하게 웃으며 내 머리를 쓰다듬어 주곤 했었다. 그리고 집으로 돌아갈 때 몇 개 더 주머니에 넣어 주셨다. 콧노래를 부르는 아버지의 손을 잡고 길을 걸으면 세상 부러울 것이 없었다. 곰장어에 소주 두 병을 비웠다. 먹지 않은 메추리알을 주머니에 담았다. 이젠 빛바랜 사진 속에서만 볼 수 있지만 눈을 감으면 보이는 것들이 있다. 눈을 감으면 들리는 것들이 있다. 나에게서, 나의 입에서 사라진 단어. 아, 버, 지!

"사랑한다는 것, 그리워한다는 것은 '함께'한다는 것!"
집으로 걸어가면서 난 천천히 울기 시작했다.

아무튼, 품절된 하루가 또 지나간다.
"그대 그날처럼!"

2.
인생 맛을
네가 알아?

지인이 말했다.

"신이 인간에게 소와 메밀을 선물했다면 악마는 인간에게 냉면을 선물했다."

그냥 웃었다. 그리고 나는 말했다.

"신이 인간에게 엄마를 선물했다면 악마는 인간에게 눈물을 선물했다."

그냥 울었다.

지인을 만났다. 어떤 음식을 먹을까,라는 질문에 나의 대답은 일관성을 유지했다.

"난 어떤 음식이든 다 똑같으니까 본인 드시고 싶은 음식을 선택하세요?"

지인은 냉면에 수육을 먹자고 했다. 그래, 뭔들 입맛이 땡길까마는? 하지만 한 가지 변수가 생겼다. SNS 음식 포스팅 중 세 손가락 안에 들어가는 음식. 신의 맛, 평양냉면 없이는 못 살아, 해장의 끝판왕

등 입이 열 개라도 모자랄 정도로 칭찬 일색인 음식 평양냉면. 설마 했다. 평양냉면은 가뜩이나 입이 짧고 초딩 입맛인 나의 기피 음식 중 하나였다. 그렇다. 냉면 마니아의 성지인 ○○○에 온 것이다. 한숨이 절로 나왔다. 함흥냉면이면 어찌 해볼 수 있을 텐데 말이다. 수육 두 점에 소주 한 병을 마셨다. 걸신들린 사람처럼 냉면을 먹는 지인을 보며 애써 웃었다. 지인은 평양냉면에 손도 안 대는 날 보더니 아예 내 것까지 가져다 먹으면서 한마디했다.

"평양냉면의 참맛을 모르는 것 보니 아직 인생을 모르는군!"

아니 이게 무슨 봉창 두드리는 말인가. 평양냉면하고 인생이 뭔 상관일까? 그런 논리라면 함흥냉면은 인생을 모르는 철없는 음식일 뿐이었다. 아무리 식탐이 없는 나로서도 거의 깡소주를 마시고 집에 오니 배가 고팠다.

뱃속에서는 전쟁이 났다. 입맛은 여전히 없었다. 인생도 모르니 술이나 한 병 더 마시려고 술상을 차렸다. 대추 다섯 개, 귤 한 개, 찐 밤 세 개 그리고 인생을 아는 사람이 되기 위해 마늘장아찌 두 개, 간단하게 차려 서재로 갔다. 10여 분 뒤, 웬만하면 서재에는 안 들어오시는 엄니가 김이 모락모락 나는 접시를 들고 들어왔다.

"밥은 묵은 것이여?"

"인생을 알기 위해 평양냉면 한 그릇 먹었어!"

"오늘 만두 좀 만들어 봤어야. 글고 니는 평양냉면 안 먹잖여."

말이 만두이지 조금 과장하자면 크기가 벙어리장갑만 했다. 참 먹음직스러웠다. 겉모양은 못생겼지만 당면과 묵은 김치, 두부를 넣어

강렬하지 않아도 담백해서 평소 좋아하는 음식 중 하나였다. 하지만 엄니도 나이가 들어 가니 몇 년째 맛을 못 본 터였는데 어찌 내 마음이 허전할 때 딱 이 음식을 내놓을 줄이야. 술 한 병을 더 마시기 위해 부엌으로 나가자 엄니가 안방에서 나오더니 한마디했다.

"이제 술 그만 마시고 밥 묵으랑께?"

"만두를 세 개나 먹어 배불러 죽것당께."

서재에서 나와 거실에서 술을 마시는 한 시간 동안 우리는 똑같은 말만 되풀이했다. 결국 엄니의 얼굴처럼 못생긴 만두 두 개가 더 나왔다.

"워메!"

맛있는 음식을 먹는다는 건 엄니를 만난다는 것일지도 모르겠다. 사랑하는 사람의 마음을 맛보는 순간엔 그 외의 모든 사람과 사물은 배경일 뿐이다. 아무것도 바랄 것 없는 주말 저녁이다. 아무것도!

아무튼, 품절된 하루가 또 지나간다.

"신의 선물처럼!"

3.
낮 12시,
어처구니들의
'인생 공방'

가끔 미칠 때가 있어

좋아하는 음식도 없어

싫어하는 음식도 없어

사람들은 뭐라 그래

밥 먹어라 안주 먹어라

내겐 엿 먹어라로 들려

신경 꺼 제발

그냥 너 자신에게 충실하길 바라

내 마음을 전했을 뿐이야

그런 눈으로 보지 마

안주보다 더 맛있는 게 있다는 걸 넌 모를걸.

학교 강의를 마치고 나니 낮 12시였다. 지하철을 타고 집으로 오
는 동안 왠지 모르게 마음이 허전했다. 회사 일을 마치고 퇴근하거나
지인들과 술 한잔하고 집으로 귀가할 때와는 또 다른 기분이었다. 사

람들이 드문드문 앉아 있는 지하철 안 풍경이 낯설었다. 대학생 아니면 노인과 중년의 여자가 대다수였다. 간혹 외근을 나가는 직장인들이 눈에 띄었을 뿐 나와 비슷한 행색을 한 사람은 한 사람도 찾을 수 없었다. '나는 어떤 사람일까?' 답 없는 질문만 머릿속에 맴돌았다.

햇살이 눈부셨다. 마을버스를 타야 했지만 가진 건 시간뿐, 동네 유흥가를 걸었다. 문을 연 식당 안엔 직장인들이 삼삼오오 모여 점심식사를 하고 있었다. 왠지 낯설게 느껴졌다. 찻길 건너 먹자골목은 20년 넘게 이 동네에 살았어도 한 번도 가 본 적이 없었다. 뭔 노래방이 이리 많은지 300미터 정도 되는 거리에 한 집 건너 노래방과 모텔이었다. 이런 곳이 동네 주택가 인근에 있었다니, 입이 쩍 벌어졌다. 여하튼 내겐 로데오거리, 가로수길, 경리단길, 우리나라 어떤 유흥가보다 흥미로웠다.

먹자골목 끝자리에 실내 포장마차 간판이 줄줄이 사탕처럼 눈에 들어왔다. 육회, 순대, 아귀찜, 족발, 삼겹살, 곱창 등을 파는 음식점들이 모여 있는 건 봤어도 실내 포장마차라니, 내 상식을 파괴하는 순간이었다. 설마 이 시간에 문을 연 곳이 있을까 하는 의구심을 가지던 찰나, 맨 마지막 가게의 문이 열려 있었다. 혹시나 했는데 오랜만에 기대감을 만족시키는 역시나였다. 실내 표장마차 안에는 세 명의 어르신들이 각자 한 테이블씩 차지하고 앉아 술을 마시고 있었다. 주인인 듯한 사람은 보이지 않았다. 가게 앞에서 담배 한 대를 피우며 주인을 기다렸다. 60대 초반의 아주머니가 앞 건물 옷가게에서 나와 실내 포장마차로 들어갔다.

"영업하나요?"

"네, 영업하니까 이분들이 술 드시고 계시지요."

소주 한 병과 번데기탕을 주문했다. 다른 테이블의 어르신들은 곁눈질로 감시하듯 나를 쳐다보았다. 옆 테이블 가장 연장자로 보이는 80대 어르신은 건장한 체격답게 이미 두부김치에 소주 한 병을 비우고 두 병째를 향하고 있었다. 앞쪽 테이블의 70대와 60대 어르신들도 노가리와 순두부찌개를 안주 삼아 소주 한 병을 거의 비워 가고 있었다. 기가 찼다. 이 시간에 집도 아니고 선술집에서 술을 드시는 어르신들이 있을 줄 몰랐다. 순댓국집이나 설렁탕집도 아니고 정통 소주 안주에 낮술이라니, 왠지 모를 강한 기가 느껴졌다.

사각 편대로 각자 테이블에 앉아 낮술을 마시는 네 사람. 그 중간에 종편 뉴스를 켜 놓은 TV 한 대. 설마가 한 번도 경험 못한 신선한 충격을 안겨 주었다. 앞쪽 테이블에 앉은 두 어르신과 주인장 부부가 종편 뉴스를 보며 험한 말을 하기 시작했다. 보수보다는 수구 쪽에 가까운 정치 성향을 가진 분들 같았다. 나도 세월이 흐르면 저리 될까? 답답해 한마디하려 했지만 대낮에 술집에서 싸움 날까 참았다. 그때 조용히 술만 드시던 옆 테이블 가장 연장자인 어르신께서 한마디했다.

"나이 먹었다고 다 어른이 아니야. 도대체 나이를 어디로 처먹은 거야. 중학생 정도의 상식이 있는 사람이면 그게 할 소리야. 밥값을 해야지. 뚫린 주둥이라고 하는 말 좀 보라고. 요새 대통령이 잘만 하잖아. 이전 대통령이 해 놓은 걸 보고도 그런 소리가 나와?"

두려워하고 조심하기를 깊은 못에 임하는 것같이 하며 옅은 얼음 밟는 것같이 살라 했거늘
너무 안일하게, 때론 무모해 보일 정도로 앞만 보고 살아온 건 아닐까?

딱 그 한마디로 상황 종료였다. 본의 아니게 가장 어르신과 어린 나는 진보였고, 앞쪽 테이블의 어르신들은 반대쪽이었다. 한동안 나이 드신 분들의 정치 집회 현장을 보면서 참 씁쓸했는데, 오늘 옆 테이블 어르신의 말씀을 듣고 다 똑같지 않다는 걸 깨달았다.

소주 반병 정도 마셨을 즈음 옆 테이블 어르신께서 세 병째 소주를 주문하셨다. 너무 많이 드시는 것 아니냐는 주인장의 염려 섞인 말에 퉁명스럽게 대꾸하시며….

"소주 한 병은 입 안을 적시는 정도고, 두 병은 식도를 적시는 것이고, 세 병쯤 마셔야 위에서 술 좀 들어오는구나 반응하기 시작하고, 네 병쯤 마셔야 술 좀 마시고 있구나 하는 생각이 들지."

그 말을 듣는 순간 막 소주 한 잔을 입에 털어 넣던 나는 마시던 술을 입 밖으로 뿜을 뻔했다. 화장실 가실 때 보니 키도 180센티미터는 훌쩍 넘어 보였고, 체구도 80대라고는 믿기지 않을 정도로 건장해 보였다. 앞 테이블 어른신도 깜짝 놀라는 눈치가 나와 마찬가지였다. 술이 한 잔 두 잔 들어갈수록 어르신들의 다양한 이야기가 쏟아졌다. 곰곰 귀 기울여 들어 보니, 네 명의 각 분야의 사람들이 여행을 한 뒤 저녁 식탁에 둘러앉아 음식을 두고 이야기를 나누는 티브이 프로를 보는 듯했다. 이 세 분의 어르신들도 그 티브이 프로처럼 거의 박사 수준의 관심 분야가 있었다. 60대 어르신은 어느 배우가 ○○영화로 몇 년도에 데뷔했고, ○○ 가수는 히트곡이 몇 개고, ○○○과 스캔들이 있었고, 심지어 요새 젊은 배우와 아이돌 그룹까지 연예계 전반을 두루 꿰고 계셨다. 70대 어르신은 ○○○ 선수가 몇 년도에 메이저리그에 갔고, ○○○ 선수는 어느 고등학교 출신인지, 연봉은 얼마이고, 아마

내년엔 ○○○ 선수를 주목해야 한다는 등 운동선수들의 과거와 미래까지 예측하는 스포츠 광이었다. 그렇다면 80대 어르신은 어떨까? 정치, 경제, 법 등 한마디로 모르는 게 없는 '인생의 달인'이었다. 나는 마치 티브이 프로 녹화장에 온 듯 흥미진진한 이야기에 시간 가는 줄 모르고 빠져들었다. 한 가지 재미있는 건 그렇게 많은 이야기를 주고받았으면서도 합석을 안 하고 각자 제자리에서 자기 좋아하는 안주와 주량에 맞춰 술을 마시며 이야기를 나눴다는 것이다.

옆 테이블의 어르신께서 소주 한 병을 주문하며 주인장에게 한 마디하셨다.

"모기 한 마리가 벌써 세 방이나 물었어."

그랬다. 이 술집에 들어왔을 때부터 10월 중순임에도 모기 한 마리가 신경 쓰이게 만들었던 건 사실이었다. 그 말에 주인장 부부가 미안한 표정을 지으며 모기 잡기 삼매경에 빠졌다.

"잡았네요. 아이고 어르신 피를 많이도 빨아먹었네요."

그때 옆 테이블 어르신의 말에 내 귀를 의심했고, 나도 모르게 웃음이 터져 나왔다. 앞 테이블의 어르신들도 마찬가지였다.

"그 모기, 내 술잔에 넣어."

"네?"

"내 피니까 내가 마셔야 해. 그놈도 고기잖아. 6·25 때 배곯던 생각해 봐."

대낮에 소주 한 병 반을 마시니 취기가 올라왔다. 평소 술자리에서 이야기를 주도하는 나였는데 오늘 이 희한한 술자리에서는 거의 경청하는 모드였다. 그리고 많은 걸 배웠다. 생각은 나이와 별개이고, 일 외에 한 분야에 관심을 가진다는 건 즐거운 일이라는 걸 알았다. 그리고 남의 이야기를 주의 깊게 듣는다는 건 내 마음속 방 하나를 내어 주는 것과 같다는 것, 즉 경청의 소중함을 알게 되었다. 가장 나이 어린 나만 취한 상태로 계산을 하며 어르신들을 보았다. 연륜과 경험이 배인 진정한 인생 토크쇼를 하시는 어르신들의 모습에서 먼 훗날의 내 모습을 짐작해 보았다.

'호림 실내 포장마차.' 호랑이가 있는 포장마차. 여느 술집처럼 본인 행색과 달리 잘난 척, 즉 가식 없이 인생 토크쇼가 펼쳐지는 곳. 다음 주에 나는 그곳에 앉아 인생 토크쇼를 즐겁게 듣고 있을 것이다.

"아름답게 늙는다는 건, 상식을 지키며 산다는 것!"

아무튼, 품절된 하루가 또 지나간다.
"태양처럼 뜨겁게! 구름처럼 자유롭게!"

마음 책방과
꼬마의자

문득 이런 생각!

인생의 어느 순간마다

매듭이 있다는 것

그때마다 똑같은 질문을 했다

"왜?"

오늘은 질문 대신 대답을 한다

"아~ 그렇군요, 고맙습니다!"

쌈마이 블루스~.

2년 전부터 책을 많이 사지 않는다. 예전에는 직업상 읽고 싶은 책
뿐만 아니라 디자인이 예쁜 책마저 사다 보니 일 년에 100여 권을 사
곤 했다. 오죽했으면 집 이사를 할 때 이삿짐센터 사람들이 10년 넘게
일하면서 본 가장 책이 많은 집이라고 했을까. 간혹 금전적으로 힘들
때 저 책을 안 샀으면 돈을 얼마나 저금했을까 하는 생각을 하면서 웃

곤 했다. 하지만 이젠 내 글도 써야 하고 책 읽을 시간도 없을 뿐만 아니라 읽고 싶은 책도 없다.

서재 한쪽에 어린이집 아이들이 쓰던 꼬마의자가 세 개 있다. 지인이 자신의 직장인 어린이집 리모델링 때문에 버리게 된, 내 나이와 비슷한 꼬마의자를 선물해 준 것이다. 예전에 인사동에서 꼬마의자를 사려다가 한 개에 10만 원이라는 가격표를 보고 놀랐었다는 말을 한 적이 있는데 그것을 기억하고 있었나 보다. 기쁜 마음으로 선물을 받았지만 한 가지 고민이 생겼다. 어떤 용도로 쓰면 좋을까? 본연의 용도로 쓰려고 하니 너무 작고 부러질 것 같았고 카페처럼 인테리어용으로 쓰기에도 애매모호했다. 처음엔 화분을 올려놓았다. 하지만 꽃들이 내 담배연기를 견디지 못하고 금세 시들시들해졌다. 나는 아무 생각 없이 책장에 다 꽂지 못한 책을 꼬마의자 위에 올려놓았다. 그리고 한동안 꼬마의자는 내 기억에서 사라졌다.

외출을 했다. 30분가량 늦는다는 지인의 문자를 약속시간 5분 전에 받고 어디에서 시간을 보낼까 생각하다가 책방에 들렀다. 유흥가 깊은 곳에 있는 작은 책방 〈이음〉. 베스트셀러보다는 문학, 인문, 예술, 역사서 위주로 좋은 책이지만 안 팔리는 책이 많은 곳. 예전엔 자주 갔지만 회사를 관둔 이후론 발길이 뜸했던 곳이다. 책방 주인이 반갑게 맞아 주면서 날씨가 더운데 커피 한 잔 타 드리겠다고 하기에 얼음물 한 잔을 부탁했다. 약속시간에 늦는다는 지인에 대한 짜증과 더위가 쑥 씻어 내려갈 정도로 시원했다. 40분 정도 지났을까. 약속 장소에 5분 후면 도착한다는 문자를 받았다. 나는 한낮 더위와 짜증을 식혀 준 보답으로 시집 한 권을 산 후 약속장소로 갔다.

집에 돌아와 가방에서 오늘 산 시집을 꺼냈다. 책장은 여전히 빈틈이 없었다. 그때 꼬마의자가 눈에 들어왔다. 수십 권의 책이 놓여 있었다. 시집을 내려놓고 돌아서려는데 한 가지 의문점이 생겼다. '꼬마의자에 왜 책이 많이 놓여 있는 거지?' 잠시 꼬마의자 앞에 서서 생각했다. 그리고 분노가 치밀어 올랐다. 그랬다. 약속시간이 미루어질 때마다 그 책방에서 산 책을 꼬마의자에 쌓아 둔 것이었다. 나를 무시한 지인들에 대한 분노와 함께 말이다. 책의 권수를 세어 보았다. 32권이었다. 그리고 이내 마음이 편안해졌다.

'그렇구나! 내가 그 책방에 서른 번을 넘게 갔었네. 회사를 관둔 후 서점 쪽은 쳐다보지도 않을 줄 알았는데 약속시간 펑크가 나에겐 오히려 약이 되었구나….'

작은 책방 주인의 얼굴이 떠올랐다. 그리고 생각했다. 서른 번이 넘게 인상을 쓰며 책방에 들어오던 나를 맞아 주는 한결같은 미소를, 시원한 얼음물과 따뜻한 차를 건네는 마음을 말이다.

웃는다. 그리고 한결같다는 것. 나도 누군가에게 반가운 존재였다는 것. 앞으로도 꼬마의자 책장에 몇 권의 책이 더 쌓일지, 그때마다 나는 따뜻한 작은 책방에서 한결같은 '마음차' 한 잔 마시겠지…. 매듭이 있으면 반드시 풀릴 것이라고 생각한다. 내겐 따뜻한 사람의 마음을 담고 있는 작고 예쁜 책장이 있다. 꼬마의자!

'달리 생각하고 바라보면 그만인 것을!'

아무튼, 품절된 하루가 또 지나간다.

"한결같은 마음, 나와 같다면!"

5.
딸기우유를
마신다네

살아갈 날 생각보다

추억이 떠오르는 날이면

딸기우유를 마신다네

살아온 날들이 달콤하지는 않았지만

한 모금의 혀끝 기억이

나를 행복하게 만든다네

마음이 기억을 불렀다

마음이 추억을 불렀다

많은 시간이 흘렀지만 마음속에 살아 있듯이

지금 이 순간도 먼 훗날 추억이 되겠지

간신히! 간신히! 간신히!

살아갈 날 생각보다

마음속 모서리 끝에 선 날이면
딸기우유를 마신다네

살아갈 날들이 달콤하지는 않겠지만
한 모금의 딸기우유가 혀끝에 닿으면 행복하겠지
그렇겠지, 그럴 거야, 간신히!

난 딸기우유를 마신다네
달콤한 추억을 마신다네.

때론 음식이 잊힌 추억과 행복함을 동시에 맛보게 해 줄 때가 있다. 나는 입이 짧아 음식을 많이 먹지 않고 딱히 좋아하는 음식도 없다. 하지만 얼마 전, 동네 편의점에 들러 샌드위치를 샀다가 1+1 행사를 하는 한 음료를 마시고 새삼 잊힌 기억이 떠올랐다. 그로 인해 나는 지인이나 처음 만나는 사람과 식사할 때나 술자리에서의 타박 섞인 질문에 대한 대답을 얻었다.

"안주 좀 먹으면서 마시세요?"

"술 마실 때 안주 많이 먹으면 술맛이 떨어져요."

"좋아하는 음식이 뭐예요? 너무 안주를 안 드시니⋯."

"딱히 없습니다. 제 신경은 쓰지 마시고 좋아하는 메뉴를 고르세요. 정말 전 괜찮습니다."

"안 드시는 음식 많으시죠?"

"아뇨, 조금씩 먹을 뿐 안 먹는 음식은 없습니다. 아, 한 가지 있네요."

"뭐예요?"

"술안주하고는 아무 상관 없지만 미역줄기 볶음은 안 먹습니다.
정말 맛없어요."

열에 열 번, 똑같은 질문에 맞닥뜨리지만 나는 딱히 질문에 대한
대답을 찾지 못했다. 오래된 지인들도 매번 말할 정도이니 처음 만나
는 분의 곤혹스러움은 오죽하랴. 하지만 10년 넘게 밴 습관이 바뀌지
않는 걸 어떡할까? 소식(小食)을 하니 자기네보다 오래 살 거라고 말
하는 분도 있었고, 처음 만나는 어떤 분은 머리를 민 내 외모와 식습
관을 보고 직업을 의심하는 경우도 있었다. 스님들의 책을 기획해 한
동안 여러 절을 방문했을 때는 정말 세 번이나 진심 어린 스카우트 제
의를 받은 적도 있었다. 글 쓰고, 소식하고, 기본 베이스가 탄탄해 이
름만 대면 알 수 있는 유명한 스님처럼 될 수 있다나 어쩐다나. 곡차를
끊을 수 없기 때문에 안 된다고 대답하면 눈감아 주겠다고 끝까지 설
득하시는 분도 계시니 난감할 뿐이었다. 심지어 울 엄니도 나하고 식
사를 하면 밥맛도 떨어지고 기껏 요리해 밥상을 차리면 금방 몇 숟갈
먹고 일어난다고 겸상을 안 할 정도이니 말해 무엇할까?

예전에 엄니께서 이런 말을 하셨다. 물맛과 밥맛을 알면 인생의 맛
을 아는 것이라고 말이다. 물맛이야 집안 대대로 내려오는 술 이력 때
문에 10여 년 전부터 알게 되었다. 그것보다 심한 육체노동 후나 내가
갈망하는 무언가를 이루었을 때나 못 이루었을 때 마시는 한 잔의 물
맛이란! 하지만 여전히 밥맛은 모른다. 그럭저럭 밥은 안 굶기고 키워

주신 부모님 덕일 것이다. 전쟁을 겪으신 엄니의 말씀에 의하면 세상에서 가장 큰 슬픔은 배고픈 슬픔이라고. 여하튼 많이 먹지는 않지만 맛집과 음식의 간을 잘 보는 건 바로 나이고, 그 간에 맞춰 한 번도 안 해 본 음식이라도 비슷하게 만들어 내니 참 아이러니컬하다.

이틀에 한 번, 동네 키 큰 나무 밑 나무의자에 앉아 내 인생에서 처음 맛본 가장 맛있는 음식을 먹고 있다. 어릴 적 엄니와 함께 시장에 가다가 발견한, 작은 리어카의 노란색 가방 안에 있는 바로 그것. 처음 맛본 후 이름을 몰라 못 먹고 지내다가 1년 정도 지난 후 다시 그것을 사 주셨을 때 한 말을 또렷이 기억하고 있다.

"세상에서 제일 맛있어 엄마. 나, 이거 먹으면 행복해!"

그랬다. 편의점 행사로 샌드위치와 함께 받은 다름 아닌 이것. 오랜 세월 동안 잊고 지낸 세상에서 가장 맛있는 맛. 추억이 떠오르게 하는 맛. 행복을 주는 맛. 괴로운 순간을 잊게 해 주는 달콤한 맛을 찾았다. 이제 지인들의 질문에 대한 대답을 얻었다.

"무슨 음식을 좋아하냐고요? 딸기우유입니다."

난 내일도 동네 키 큰 나무 밑 의자에 앉아 행복을 마실 것이다.

아무튼, 품절된 하루가 또 지나간다.
"새콤달콤한 추억처럼!"

6.
엄마 뱃속은
세상에서 가장 낮은
영화관이었다

고개를 숙인 강물이 낮은 곳으로만 흘러 고인 바다를 이루듯이 고개를 숙인 눈물이 목구멍으로 흘러 고인 국수 한 그릇. 고개 들어 후르룩후르룩 쉽게 넘길 수 없어 오늘이라는 단어를 생각하며 빈 주머니에 손을 넣고 삶의 민낯을 간본다

고개 꺾고 진한 침 한 모금 넘기자 바람 빠진 엄니의 젖가슴 떠올라 고개 꺾고 갈 곳 잃은 마음 참기름처럼 떠 있는 국수 한 그릇. 고개 들어 후르룩후르룩 쉽게 보낼 수 없어 내일이라는 단어를 생각하며 텅 빈 뱃속을 쓰다듬으며 양수 같은 국물만 마신다

엄마 뱃속에서 보는 세상은 따뜻한 국수 한 그릇
엄마 뱃속에서 맛보는 세상은 감칠맛 나는 깍두기 한 접시
세상에서 가장 행복한 밥상 면발 한 젓가락 꾸역꾸역 넘기는 오늘.

비 오는 날이 잦아졌다. 아직 해 지기 이른 시간이지만 학교 앞 국

숫집 창가에 앉아 국수 한 그릇과 소주 한 병을 시켰다. 국숫집 주인장
의 연배가 나하고 비슷한지 대학 시절에 유행한 가요가 메들리로 흘
러나왔다. 덥수룩한 수염에 티베트 풍 통 넓은 바지, 한복 같은 상의
차림에 호빵 눌러 놓은 듯한 모자를 쓴, 외모를 보면 나보다 한 10년
은 더 밥그릇을 비웠음 직한데 음악 선곡은 비슷하니 참 기분이 묘했
다. 한 가지 더 이상한 건 여느 음식점 주인 같으면 주 고객층인 학생
취향에 맞춰 노래 선곡을 할 테고, 인테리어도 깔끔하게 했을 텐데 이
집 주인은 영 딴판이었다. 심지어 주류도 오로지 특정 상표 소주 한
가지와 특정 상표 맥주 한 가지만 파니 더욱 고개를 갸우뚱거릴 수밖
에. 여하튼 이 국숫집은 인테리어부터 음식까지 한마디로 모두 주인
장의 마음대로인 곳이다.

빗줄기가 점점 거세질수록 스피커에선 가슴을 후벼 파는 노래가
흘러나왔다. 한 무리의 대학생들이 출입문을 열고 후다닥 뛰어들어
왔다. 네 명 중에 비에 잔뜩 젖은 여학생의 모습을 보니 우산을 가진
사람이 없었나 보다. 그래도 무엇이 즐거운지 비 맞은 얼굴이 마냥 아
침 이슬 맺힌 야생화처럼 싱그러웠다. 소리만 들어도 맛있는, 소리만
들어도 그 사람을 알 것 같은 "까르르 까르르." 소리만 들어도 표정
이 보이는, 소리만 들어도 마음이 보이는 한낮 국숫집에서 술을 마시
는 사람은 나뿐.

술 한잔 마시고 집에 와 안방 문을 열어 본다
엄니, 한 손에 알람시계와 보청기를 끼고 주무신다

95

이틀째 물에 밥 말아 김치 두 조각으로 물 마시듯 드셨다

이슬비보다 가늘게 엄니의 손을 잡아 본다

순간 너무 많은 사연과 마음이 전해 와 눈을 감을 수밖에

"웬수가 따로 없당께. 내 새끼 밥만 세 끼 따박따박 먹으면 아무 소원이 없것어야. 딱 그것뿐이여."

베란다에 나가 동백꽃 하나 따와 알람시계를 쥐었던 엄니의 손에 둔다. 꽃향기보다 엄니의 마음 향기가 가득하다. 당신의 품은 한겨울 따뜻한 연탄난로 같고, 당신의 웃음은 한여름 시원한 나무 그늘 같고, 봄가을 붉게 익은 꽃과 열매 같고, 당신의 사랑으로 어제를 살았고, 당신의 사랑으로 오늘을 버텼고, 당신의 사랑으로 내일을 꿈꾼다. 오늘은 밥 대신 동백꽃 마음을 먹고 엄니이기 전 한 소녀의 꿈나라로 간다.

마음이 알알이 맺힌다는 것은 원수를 사랑하는 마음 아닐까? 작은 걱정과 슬픔은 말이 많지만 깊고 큰 걱정과 슬픔은 말이 없다. 엄마 뱃속은 세상에서 가장 낮은 영화관이었다.

아무튼, 품절된 하루가 또 지나간다.

"향기는 멀수록 맑다!"

동화 속 요정들의 눈빛, 흑백필름 곳곳에 숨겨진 암호 같은 빛깔, 그릴 수 없는 만질 수 없는 마음의 풍경.

7.
말 시키지 마,
난 안 살고 싶어!

텅 빈 노트북을 볼 때의 막막함이란?
텅 빈 화선지를 볼 때의 두려움이란?

'불한당' 한 단어를 쓴다
'놈팽이' 한 단어를 쓴다
'불효자' 한 단어를 쓴다

'염치' 한 단어를 쓴다

'있게'라는 단어를 뚫린 입이라고 말한다.

한심하고 자괴감이 들어 가슴이 답답했다. 창피해도 누군가에겐
내 마음을 이야기하고 싶었다. 친구에게 전화를 했다. 머리카락은 없
는데 수염만 많이 난다고 말했다. 내 턱은 일 년 내내 눈밭이라고 말
했다. 어제저녁에 일어난 일을 말했다.

"나 어제 한 달 전 삐끗한 발목 때문에 집 앞 화단에 꼬꾸라졌네. 그 꼴이 얼마나 처참한지. 상체는 화단에 처박혀 꼼짝도 못하고 두 다리만 허공에 떠 있었네. 한마디로 말하면 영화 〈씨받이〉의 한 장면이랄까. 10여 분 동안 움직일 수 없어 지나가는 사람이 오기를 기다렸네. 한 10분 정도였을까. 나중에 같은 동에 사시는 분이 지나가기에 한마디했어. 구해 주세요! 아저씨가 양손으로 들어 올려 구해 주었네. 말이 아저씨지 같은 연배쯤이랄까? 살면서 누구에게 처음 부탁한 말이 구해 주세요라니!"

아무 말도 없이 내 말만 듣고 있던 친구가 말했다.

"친구, 어제 화단에 누워 10분 동안 별 구경 많이 했겠네?"

친구의 가느다란 마음 한 올까지 나에게 고스란히 전해졌다.

그래! 꽃밭에 누워 별밭을 보았다

별꼴을 다 봤다

긴 한숨을 쉬어도 무겁듯이

긴 하품을 해도 무거운 것이

삶!

아무튼, 품절된 하루가 또 지나간다.

"별처럼, 별처럼!"

8.
울지도 못했던
완벽한 시간

바보 오시네. 빈 빵봉지 같은 가슴에 무얼 넣었나. 출렁출렁 춤추며 오시네. 짱짱하게 만 머리에 툭 꺾은 동백꽃 꽂고 눈꽃 분 바른 바보 오시네. 30년 된 신상 가방에 무얼 넣었나. 보글보글 끓으면서 오시네. 짭짤하게 곰삭은 손가락에 바싹 쫄은 쌍가락지 낀 바보 오시네. 사뿐사뿐 걸음걸이로 꽃놀이 오시나. 봄 처녀 노랫소리 들리네. 꽃향기 낭자한 관멜 바보 오시네. 주르륵주르륵 오시네.

다섯 개 주삿바늘에 찔린 핏빛 카네이션
오 리터 봉긋한 꽃병에 꽂힌 노란 복수꽃
허리 꺾어 내려다보고 있는
푸른 입술에 동백꽃 꽂은 바보가
핏물 오선지 두 눈에
무지갯빛 분내를 덧씌우네

아가!

세상에 너랑 못 갈 곳 없어야

실핏줄에 고인 푸른 바다 확 저서 버려라

나가 세상의 오동나무는 모두 불살라 버렸어야

마음만 굳게 먹으면 세상에 굳는 건 닷 돈어치도 없응께

그 눈빛,

말할 수 없는 마음을 듣네

두 눈이 멀었으면

두 귀가 먹었으면

두 주먹 불끈 쥐고 바보 가시네. 동백꽃 그림자인들 저리 붉을까. 허리 꼿꼿이 펴고 노래 부르며 가시네. 해금 줄인들 저리 아릴까. 하나~ 하나~ 군대 행진하시나. 뒷모습까지 주름 잡고 강물처럼 돌아보지도 않고 바보 가시네. 주르륵주르륵 가시네. 100년 된 신상 가방 들고 엄니 가시네 굳은 마음이시네.

5월 8일 어버이날이다. 1평 격리된 천국에 누워 하얀 천장만 올려다보고 있었다. 낯익은 발자국 소리가 들렸다. 침대 앞에 엄니가 서 있었다. 아무 일도 일어나지 않은 듯 고개 꺾어 나를 내려다보며 두 손을 꼭 잡았다. 우린 아무 말 하지 않았다. 짧은 면회 시간이 끝났다. 반쯤 접은 마음을 내 두 눈에 남겨두고 아무 일 일어나지 않을 듯 고개 펴고 타박타박 멀어져 가는 엄니의 낯선 발자국 소리.

101

마음이 알알이 맺힌다는 것은 원수를 사랑하는 마음 아닐까?
작은 걱정과 슬픔은 말이 많지만 깊고 큰 걱정과 슬픔은 말이 없다.

'내일 올 때까지 밥 잘 먹고 있어야?'

'내일은 안 와도 돼요! 뭔 좋은 꼴이라고!'

집으로 돌아가는 엄니의 뒷모습을 보면서 내 두 눈이 멀었으면, 두 귀가 먹었으면…! 붉은 카네이션을 가슴에 달고 수줍게 웃는 엄니의 얼굴을 하얀 천장에 그려 보는 첫날 밤. 말할 수 없는 마음만 두 눈에 젖어 들었다.

'울지도 못한 밤, 난 조금만 더 오래 늙고 싶었다.'

아무튼, 품절된 하루가 또 지나간다.
....
"0시의 이별처럼!"
....

9.

1+1
'특별 행사'처럼!

잠을 자다가, 아침 운동을 하다가, 식사를 하다가, 목욕을 하다가, 꽃에 물을 주다가, 대소변을 보다가, 책을 읽다가, 글을 쓰다가, 웃다가, 울다가, 멍 때리다가, 발코니에서 흰 구름을 보다가, 키 큰 나무 밑 의자에 앉아 달을 보다가, 다시 잠을 자다가. 다시!

핸드폰을 쳐다보다가, 노래를 듣다가, TV 영화를 보다가, 냉장고 안을 들여다보다가, 가지런히 놓인 신발을 보다가, 길을 걷다가, 마트를 한 바퀴 돌다가, 다시 핸드폰을 보다가. 다시!

삼시 세끼 밥을 꾸역꾸역 삼키면서도, 염분 없는 반찬을 씹으면서도, 제철 과일을 돌 보듯 먹으면서도, 꼬마의자에 앉아 맛도 모르는 커피를 마시면서도, 오래된 제과점 앞을 지나다가 슈크림 빵 냄새를 맡으면서도, 중국집 앞에서 자장면 냄새를 맡으면서도, 골목길에 쭈그리고 앉아 달고나 냄새를 맡으면서도, 놀이터에서 혼자 노는 어린 깜장 머리 애를 보면서도, 함께 나란히 걷는 아버지와 아들을 보면서도,

벗, 별과 소소한 이야기를 나누며 달빛 한잔 마시고 싶은 밤.

가족의 눈망울을 보면서도, 『천수경』을 외는 등 굽은 엄니의 뒷모습을 보면서도, 거울을 보면서도, 내 그림자를 보면서도, 고개 숙여 발등을 보면서도, 다시 삼시 세끼 밥을 꾸역꾸역 삼키면서도. 다시!

평생 믿고, 의지하고, 사랑한 신(神)들은 모래로 만들었는지 내 안에서 자꾸 허물어진다. 오로지 만리장성 같은 잘 구운 '내가 지키고 싶어 하는 것들'이 굳건히 그 자리에 버티고 있었기 때문일지도 모르겠다. 심지어 그것들을 습관처럼 표시해 두었으니. 하지만 시간이 지나고 보니 내가 그토록 지키고 싶어 했던 것들은 뜨거운 두려움과 오기뿐이었다. 나의 어리석음에 쓴웃음이 나올 밖에.

나는 너무 '과거'라는 거울 앞에서 오랜 시간을 보내며 투덜대며 살아왔다. 이제 그 뜨거움이 식기를 기다린다. 그러면서 나는 느껴지지 않게, 보이지 않게 조금씩 늙어 갈 것이다. 그리고 생각한다. 인간이 가장 견딜 수 없을 정도로 가슴 아픈 건, 누구나 자기 자신이 견딜 만큼만 아파하며 살고 있기 때문이라고.

'나는
무사히 할아버지가 될 수 있을까?'

아무튼, 품절된 하루가 또 지나간다.
"미운 건 오히려 나였어!"

10.
내 입속에
자동응답기가
틀어져 있어

"요즘 어때?"

오랜만에 지인이 전화로 안부를 물었다.

"똑같아."

"좋은 일 없어?"

몇 달 전과 똑같은 질문을 했다.

"달라질 게 뭐 있나. 그래도 요즘은 아무 생각 없어서 편안해."

"밥 잘 챙겨 먹어?"

몇 달 전의 목소리가 생선 트럭의 반복되는 확성기 광고처럼 들렸다.

"그래야지, 꼭 그래야지."

통화를 끝내고 누워 천장을 올려다본다.

'똑같아! 이젠 과거와 미래를 생각하지 않을 뿐, 죽을 때까지 살기 위해 앓고 있다는 걸 느꼈을 뿐, 단물이 다 빠지면 쓴물만 남는다는 걸 알았을 뿐, 그래서 현재만 볼 뿐.'

산책을 나간다. 아파트 입구, 키 큰 나무 밑 나무의자에 앉아 12시에 만나요 둘이서 만나요 부라보콘을 먹으며 생각했다. 지난 5년 동안 가장 기뻤고 슬펐던 일들을!

기뻤던 일

별로 없었다. 그래도 열 가지는 되겠지 했다. 하지만 내 책 『말순 씨는 나를 남편으로 착각한다』가 로스앤젤레스 시립도서관에 있다는 것. 꿈속에서 이젠 만질 수 없는, 기억 속에서만 존재하는 아버지를 만났다는 것. 대학교 문예창작학과 학생을 가르친 것. 반 죽었다가 간신히 살아났다는 것. 고작 네 가지씩이나 되었다.

슬펐던 일

사랑은 꿈에서도 이루어질 수 없다는 것. 노래방에 가도 뱃심이 없어 노래를 한 곡씩이나 부른 것. 무려 두 가지밖에 안 되었다.

내년 이맘때는 고작, 무려가 몇 개 늘어날까? 작은 바람이 있다면! 기뻐할 일로는 건강하기, 엄니 건강하기, 지인들 건강하기, 매일 행복의 나라로 가기일 테고, 슬퍼할 일로는 몸무게가 고작 5킬로그램씩이나 늘어나기, 노래를 고작 세 곡씩이나 다이렉트로 부르기 정도일 것이다.

현관문을 열고 집에 들어서는데 밥 짓는 냄새가 났다. 국 끓는 소리가 들렸다. 그리고 눈물이 났다!

"누구나 인생에 한 번은 행복과 슬픔을 낚을 때가 온다!"

아무튼, 품절된 하루가 또 지나간다.

"미리 알고 정하신 신(神)의 뜻대로!"

당신의
'마음 시력'은
얼마예요?

보라카이 : 19만 원

일본 : 29만 원

대만 : 28만 원

베트남 : 46만 원

미국 : 150만 원

유럽 : 148만 원

서울 : 500만 원

통지서 한 장이 집에 날아왔다. 자동차 운전도 안 하고, 사소한 위법 행위조차 한 적이 없어서 고지서를 받고 보니 약간 의아했다. 글과 관련된 전공을 했고 졸업 후에도 20년 동안 관련 업종에서 일했기에 가족은 물론 주위 사람들에게 알리고 싶지 않은 것이 있는데, 그 하나가 바로 통지서, 고지서, 전자기기 매뉴얼에 관한 해독 능력이다. 솔직히 말하면 우리나라 관공서의 통지서 및 고지서, 전자기기 매뉴얼은 문제점이 많다. 누구나 쉽게 보고 이해할 수 있어야 하는데 오히려 더 어렵게 만든 경우가 허다했다. 주변 지인들과 이야기를 나누다 보면 그들도 내색은 안 했지만 별반 다르지 않음을 눈치로 알 수 있었다. 한마디로 '빌빌 꼬인 스크류바' 같다고 할까? 아무튼 한숨을 내쉬며 통지서를 뜯어 보았다. '종합소득세 신고'에 관한 통지서였다. 예전엔 회사에서 모두 알아서 처리를 해 주었기에 당나라 부대 구경 하듯 했지만 2년 전부터 직접 해야 했다. 두 번의 경험이 있었지만 난감한 건 마찬가지였다. 하루가 다르게 법과 규칙이 바뀌는 세상이니 어쩔 수 없이 깨알 같은 글씨를 읽어 내려갔다. 역시 '노안'인 사람들에 대한 배려는 눈곱만큼도 없었다. 인터넷으로 신고를 하는 게 편리하다고 적혀 있었지만 작년의 경우 한 시간 넘게 헤매다가 포기하고 세무서에 직접 찾아간 경험이 있어 그쪽은 아예 신경을 껐다. 그리고 막상 세무서에 가니 60퍼센트 정도는 연령이 높았지만 나머지 사람들은 내 연령층이었으니 아주 사소한 통지서의 글씨 포인트 한 가지를 가지고도 타박할 수밖에.

신고 기간을 확인했다. 유일하게 남보다 부유한 건 시간뿐이기에 당장 해결하리라 마음먹었다. 하지만 이내 고민에 빠져 버렸다. 한 해 동안 얼마의 소득을 올렸는지 헷갈렸다. 너무 많은 소득을 올려서일까? 소득을 올린 곳이 여러 곳이라 그럴까? 오히려 반대였다. 너무 빤한 소득처의 너무 적나라한 금액 때문이었다. 굳이 소득세 신고를 할 필요성도 못 느꼈지만 작년에 20여 만 원을 환급 받은 기억이 있어 내심 기대감이 생겼다.

○○세무소. 지하철 ○○역과 ○○역 딱 중간에 위치한, 천하에 빌어먹을 접근성 때문에 작년 비 오는 날 개고생한 기억도 있고 해서 일 년에 한두 번 탈까 말까 한 버스를 타기로 마음먹었다. 버스 정류장도 난감한 건 마찬가지였다. 자주 이용하지 않다 보니 위 정류장이 상행선인지 하행선인지 구분이 안 되었다. 그리고 버스 노선도 왜 이리 복잡한지 욕이 입 밖으로 나오려는 걸 간신히 참고 세무서 근처까지 가는 버스를 무작정 탔다. 운이 좋았다. 세무서 바로 맞은편이 정류장이었다. 역시 올해도 세무서 안은 백색 눈밭이었다. 어르신들이 길게 줄을 서 있었고, 새치기를 했느니, 내가 먼저 왔는데 왜 저 사람을 먼저 해 주느냐고, 다른 건 다 필요 없고 다짜고짜 환급금이 얼마냐는 등 난장판도 그런 난장판이 따로 없었다. 드디어 내 차례가 되었다. 여직원이 소득세 신고를 대신 해 주었다. 그런데 한 가지 이상한 건 그걸로 끝이었다. 순간 어르신들의 마음과 접신이 되었는지 대뜸, 서슴없이 당당하게 물었다.

"환급금이 얼마인가요?"

여직원은 잠시 말문을 잃은 듯 내 얼굴을 쳐다보다가 약간 어이없다는 표정과 뻔한 질문을 왜 하냐는 듯한 표정을 동시에 지으며 말했다.

"○○○ 님, 1,800원입니다."

"18만 원도 아니고 1,800원이라고요? 작년에는 20여 만 원이었는데 왜 이렇게 줄어들었죠? 왔다 갔다 차비도 안 되잖아요?"

여직원은 못마땅한 듯 보란 듯이 다시 검색을 한 후 내 얼굴을 보며 너무나, 너무나 또박또박 한 글자씩 말을 했다. 한 단어에는 유난히 악센트를 주면서 말이다.

"○○○대학교에서 5~0~0만 원 버셨네요. 맞지요? 원~체~ 버~신~ 돈~이~ 적~으~시~네~요? 원~체~."

순간 얼굴이 화끈 달아올랐다. ○○○의 수입은 왜 포함이 안 되었는지 물으려 했지만 '원~체'라는 단어에 뒷목을 잡을 뿐이었다. 이럴 바에는 오지나 말 것을. 아니, 원체 적게 벌어 신고 안 해도 무방하다는 문구를 남기든지, 전화 문의를 했을 때 이야기를 해 주든지 말이다. 가만히 물러나면 혈압이 높아져 쓰러질 것 같기도 했지만 여직원의 말투와 표정이 괘씸해 한마디하고 나왔다.

"직원분이 원~체~ 바쁘실 것 같아 도와드리려고 단순하게 한 곳에서만 아주 적게 벌었네요. 그리고 원~체~ 격무에 시달리셨는지 원~체 나이 들어 보여 어르신들이 의자에 앉아 쉬고 있는 줄 알았네요. 원~체~."

세무서를 나왔지만 분이 풀리지 않았다. 사람과 말을 한 게 아니라 꼭 기분 더러워지는 관공서 통지서나 전자기기 매뉴얼과 이야기하는 듯했다. 집까지 걸어가는데 지인에게서 전화가 왔다. 방금 전 이야기를 애꿎은 지인에게 쏟아붓자 내 성격을 잘 알기에 전혀 관련 없는 이야기를 건네는 게 아닌가.

"아~ 너무 열 받지 마. 원래 공무원들 그렇잖아. 화도 풀 겸 여행이나 다녀오지 그래. 시간 많잖아~."

집에 와 곰곰 생각해 보니 '시간 많다'는 말의 뉘앙스가 '원체'라

눈이 기억하는 한 마음이 기억하는 한 아무것도 사라지지 않는다. 암~ 그렇고 말고!

고 말한 여직원의 말투와 오버랩되었다. 그리고 그 순간까지 은근히 내게 영업을 했다고 생각하니 화가 치밀어 오르다 못해 오기가 생겼다. 난 여행을 좋아하지도 않을뿐더러 지금은 먹고 죽을 돈도 없는데 여행이라니, 그것도 해외여행. 대학 시절 전국을 여행하며 술을 마실 수 있다는 후배의 감언이설에 빠져 유스호스텔 동아리에 가입했었다. 그러나 여행 중에 금주가 규칙이라는 걸 안 후 여행에 대한 깊은 불신의 벽이 생겼고 지금까지도 견고하다. 그리고 내 주위엔 사진가, 화가, 가수, 작가들이 많고, 심지어 탐험가가 직업인 후배까지 있었으니 여행에 관한 이야기를 오죽 많이 들었을까. 어떨 때는 스트레스까지 받을 정도였다. 마치 그들은 나를 해외여행 보내기 위해 이 땅에 태어난 사람들 같았다.

"유럽은 꼭 가 봐야 해, 세상 보는 눈이 달라져. 한 번뿐인 인생인데 즐겨. 글 쓰는 데 아주 큰 도움이 될걸? 내 자신을 되돌아보게 될 거야. 국내여행은 다 비슷해. 무조건 외국 강력 추천!"

그들은 해외여행을 안 다니는 사람은 답답하고 고지식한 사람 취급을 하거나 세상 물정 모르는 사람으로 취급했다. 그리고 자기 여행법은 특별하고 다른 사람들의 여행법은 폄하하기 일쑤였다. 내가 보기엔 다 거기서 거기인데도 말이다. 오죽했으면 요즘 신문에 '여행 부심' 스트레스에 관한 기사가 대문짝만 하게 나오겠는가. '여행+자부심=여행 부심'이라니. 참 자부심이라는 단어가 별의별 곳에 다 쓰인다는 생각마저 들었다. 자부심이란 건 양옆으로 한 끗만 경계를 넘어도 자만심으로 타락하거나 자긍심으로 상승할 수 있는 아주 조심스러운 것임을 알고나 하는 말일까? 개인적인 취향이나 가치관에 대한 배려 없음을!

하지만 오늘은 오기가 생겼다. 그래, 올해 소득이면 최소 한 군데는 갈 수 있겠다는 생각에 노트북을 켜고 해외여행 검색을 했다.

배낭여행은 주위의 여행 오지랖퍼들의 이야기를 귀에 딱지가 생길 정도로 익히 들어 알고 있었다. 여행서 수십 권을 기획 편집해 봐서 웬만한 여행자 못지않은 지식은 충분했기에 몸 건강 상태에 맞춰 우선 베트남, 네팔, 일본, 유럽, 남미, 미국 등의 여행 상품을 검색했다. 다 거기서 거기였다. 그리고 검색을 멈추었다. 문득 얼마 전 병원에 입원해 있던 날들과 한 걸음 더 나아가 내가 기획 편집한『멈춤의 여행』이란 책이 떠올랐기 때문이다.

'산티아고 가는 길' 걷는 시간만큼의 입원 기간 동안 많은 사람을 만났다. 20대에서 90대 연령층, 다양한 직업, 다양한 가치관을 가진 사람들과 밥 먹고, 자고, 웃고, 울고 했고 또한 고통과 두려움, 체념, 믿음, 희망, 생과 사를 넘나든 사람들을 보며 '인생 자체가 큰 여행이 아닌가' 하는 물음을 가슴에 담고 왔다. 매일 밤새도록 이불을 뒤집어쓰고 울어 지금은 온몸의 수분이 말라 얼굴이 10년은 더 늙었고, 심지어 '인공눈물' 처방까지 받은 상태. 쓴웃음이 나왔다.

겨울 속에 봄이 있고, 봄 속에 여름 있고

여름 속에 가을 있고, 가을 속에 겨울 있고

태양 속에 달이 있고, 달 속에 태양 있고

희망 속에 두려움 있고, 두려움 속에 희망 있고.

오늘 하루 일을 되새겨 보았다. '원체'라는 단어를 상황에 맞지 않게 사용한 세무서 직원이나 전화통화를 한 지인이나, 물론 나 또한 '눈 공부'보다는 자기 '마음공부'가 더 필요한 사람들이 아닐까? 유럽에 가면 세상 보는 눈이 달라진다고? 그냥 당신이 보고 싶은 것만 눈에 보이는 것일지도 모를 일! 눈의 시력도 각자의 마음 크기에 따라 다를지도 모를 일!

'보라카이 여행 가는 데 19만 원, 유럽 148만 원…이라고? 그래, 난 공짜로 서울 여행 와 별의별 구경, 심지어 인생 여행까지 다하고 원체 적지만 500만 원이나 벌었네!'

관공서 통지서, 전자기기 매뉴얼 같은 세상 속
'사람'이라는 가장 작은 우주를 바라보는
우리의 '마음 시력'은 얼마일까?

아무튼, 품절된 하루가 또 지나간다.
"원~체~ 2.0처럼!"

12.
선택은
항상 너야!

두 가지 모습, 두 가지 마음. 신과 나, 안과 밖, 멈춤과 여행, 있음과 없음, 생각과 행동, 채움과 비움, 구속과 자유, 행복과 불행, 자신감과 두려움 그리고 건강과 병, 젊음과 늙음, 보이는 것과 보이지 않는 것!

'틀'과 '틈' 그리고 그 '경계'
선택은 각자의 몫!
난 신도 깨우친 자도 성직자도 아니기에
비울 수도 내려놓을 수도 없으니!
죽은 자나 진정 죽음 문턱에 가 본 사람은
속마음을 드러내는 법이 없으니!
심지어 내 그림자도 버거운데 무슨 말을 할까?

사람들의 인정과 동정 받고
싸구려 눈물을 흘리는 건
나의 지나온 삶과 지금의 내게

너무 가혹한 처사가 아닌가 하는 생각!

내겐 가장 슬프고 괴로운 순간에도
웃을 수 있는 진정한 자유가 있는데…
그러니 그냥 웃을 수밖에!

따듯한 밥 잘 먹고 창밖을 보다가 문득.

행복이란 건 '불행'과 '다행' 그 틈에 오는 잠깐의 환각제일지도
모른다는 생각이 들었다. 또한 그 잠깐의 기쁨과 희열로 내 몸을 학대
하는 건 아닌지, 내 삶을 황무지로 만드는 건 아닌지, 빈자리를 두려
워하는 건 아닌지….

아무튼, 품절된 하루가 또 지나간다.
"애써 두려움을 외면하듯이!"

13.
꽃신 신고
나 돌아갈래

쌍7년산일까? 쌍8년산일까?

그래도 기억 또렷한 어느 하루

엄니가 장맛비를 등에 지고 사 온 마음 한 자락

"비 와도 이 타이어 쓰레빤 끄떡없어야."

"누가 요새 이런 슬리퍼를 신어?"

비 오는 이른 새벽, 발코니

타이어 쓰레빠 위에 누워 있는 꽃잎 두 개

핏발 선 헌 발등을 넣어 본다

첨벙첨벙~ 퐁당퐁당!

엄니 뱃속일까?

한참 꼼지락꼼지락!

아무 생각 없는 나를

아무 조건 없이 품어 주는구나!

아마도 나는 저 비 오는 하늘을 눈이 올 듯한 하늘로 보고 싶은 건지도 모르겠다. 이른 아침 핸드폰 벨이 울려 이게 꿈속인지 현실인지 헛갈려 하며 눈을 떴을 때 들리는 친구의 음성처럼.
"눈이 올 듯한 하늘이야. 곧 눈이 오겠지?"

그 친구의 말을 듣고 창가에 서서 하늘을 올려다보는 마음. 그리고 고등학교 시절, 창가 자리에서 선생님의 수업은 안 듣고 하늘만 바라보던 때가 떠오른다면, 그래서 설레는 나였으면 하는 건 아닌지.

끄떡없이 버텨 내야 할 하루하루. 그래도 기억해야 할 오늘 하루. 아무 생각 없는 지금이 실질적 행복일까? 한참 그 끄떡없었던 하루를 간신히 맛본다.

아무튼, 품절된 하루가 또 지나간다.
"모든 하루가 낯선 것처럼!"

14.
넌,
생각보다
잘하고 있어!

"혀가 기억하는 한 아무것도 사라지지 않아!"

1평 '격리된 천국'에서 탈출한 지 몇 달이 되었다. 평생 음식을 개 닭 보듯이 했었지만 그곳에서의 수용생활이 나에게 선물이라고 준 게 고작 욕구 불만 식탐이라니 별일이다. 이런 날이 올 줄이야! 그곳에 있을 때 라볶이, 자장면, 김치찌개, 돈가스 등이 죽도록 먹고 싶었다. 그럴 때마다 침대에 누워 천장에 상상의 식탁을 눈으로 그리곤 했다.

2주 전, 마트에 장을 보러 갔다가 내게 금지된 음식인 라면을 사 왔다.

"엄니, 나 죽어도 좋으니 라볶이 좀 해 주라?"

"내일 해 줄랑께."

하루 이틀 지나고 내일은 해 주려나? 오늘은 해 주겠지? 왜 말복이 니까(수용소 반장 그놈이 넌 닭요리는 평생 금식이라 말했었다). 원하는 음식 딱 하나 한번쯤은 해 주겠지 생각했다. 하지만 엄니의 딱 한마디에 오늘도 불러도 대답 없고 돌아오지 않는 라볶이가 되었다.

나는 가끔, 함박눈이 쌓인 하얀 들판에 첫 발자국을 찍는 상상을 한다.
뽀드득뽀드득 나의 인생, 나의 사랑, 나의 꿈을 찾아서 한 발짝 한 발짝 다가가는 헛된 꿈….

"시방 오늘 복날이라 경로당 식구들이랑 능이 오리탕 묵으러 간 다잉."

식구라? 그럼 난 집에서 사육하는 한 마리 늙은 머슴이란 말인 가? 쓴웃음이 나왔다. 엄니가 바람과 함께 사라진 후 냉장고를 열었 다. 다 끄집어내어 재료 준비를 마쳤다. 그랬다. 내가 안 해 주면 못 먹 나, 음식을 만들 기회가 없어서 못했지! 분식점에서의 곁눈질, 그리 고 최고의 레시피 바로 내 혀, 즉 입맛! 물의 양을 맞추고 고추장, 간 장, 물엿, 떡, 어묵, 대파 대신 깻잎을 대충대충 넣었다. 그리고 한 숟 갈씩 간을 보았다.

맛은 어떨까? 삼복더위, 가스레인지 열기, 2주 간의 분노, 활활 타 오른 식탐… 4종 세트(노래 가사처럼 쿵짝쿵짝 네 박자 속에 사랑도 있고 이별도 있고, 눈물도 있네)에 기필코 먹고야 말겠다는 굳은 의지라는 조 미료까지 팍팍 뿌렸으니 말해 무엇할까. 쿨피스 대신 망고주스, 접시 에 올린 생의 첫 라볶이를 팬티만 입고 허겁지겁 먹다가 문득 지금, 여기 내 모습에 웃음이 절로 나왔다. 한동안 죽겠다더니 이젠 살아 보 겠다고! 그래도 어떤 작가의 책 제목과는 달리 난 '살고 싶지만 라볶 이는 하기 싫어!' 왜? 복날이니, 몸이 조금 살 만하니 복 터진 소리 하 고 자빠진 것!

나의 제2의 인생이 시작되었다. 남들처럼 대학 졸업 후 새로운 직 장 생활, 솔로 탈출 후 결혼 생활과 자녀가 태어난 후의 인생, 퇴직 후 제2의 인생 같은 거창한 제2의 인생이 아니라 내 삶의 '실질적'인 행 복의 제2의 인생. 한마디로 술과 안주, 한량과 풍류의 나라에서 떡볶이, 김밥, 고기, 티라미수, 커피의 나라로 말이다.

'눈이 기억하는 한 마음이 기억하는 한 아무것도 사라지지 않는다.'

암~ 그렇고 말고!

아무튼, 품절된 하루가 또 지나간다.

"지글지글 징글징글!"

15.
이게 똥이냐,
밥이냐?
정말!

죽여? 말어? '80년간의 시간 일주' 개봉박두!

'그러려니' 하는 마음을 넘어 화딱지로

화딱지를 넘어 분노로

분노를 넘어 똥이냐, 죽여? 살려? 경계로

죽여? 살려? 경계를 넘어 광분의 도가니로

광분의 도가니를 넘어 좌절로

좌절을 넘어 그냥 '인정'의 파라다이스로

강아지를 넘어 할아버지로.

한 가지 주제로 하루 종일 비슷한 일이 다섯 번이나 일어나다니! 왠지 또 다른 세상에 다녀온 기분이랄까. 교과서에서나 본 『수난이 대』. 나의 오늘의 수난은 오전부터 시작되었다. 평소 같으면 그곳까지 '세월아 가라, 네월아 가라' 하며 비단이 장수 왕 서방처럼 여유 만만 디하게 걸어갔을 텐데, 꼭 찝찝하거나 슬픈 예감은 틀린 적이 없다. 그래, 난 곰을 잡아도 응담이 없을 팔자이니, 더 이상 바닥 칠 일도 없으니 하는 마음이 수난 6대의 서막을 알리는 지랄탄일 줄이야! 잠깐 한 가지 짚고 넘어가자면 오늘 사건의 빌미를 제공한 나의 옷차림, 겉모습에 대해 짤막하게 남겨 본다. 야구 모자를 안경 바로 위까지 푹 눌러 씀. 영화 〈빠삐용〉의 주인공처럼 줄무늬 반팔 티셔츠, 반바지. 클래식 나이키 신발. 백팩. 키 179센티미터에 57킬로그램. 간디 몸매. 반짝반짝 알머리, 흰 수염.

1. 마을버스 정류장, 의자

하늘은 우중충, 금방이라도 비가 떨어질 것 같은 날씨라 천막 차양 밑 의자에 앉아 마을버스를 기다렸다. 러시아워와 아줌마 부대 출동 시간이 지난 터라 마을버스 정류장은 나 외에 아무도 없었다. 그때 길 건너편에 나타난 정체불명의 복장을 한 아줌마 한 명이 설마 했는데 역시 내 옆에 턱 하니 앉았다. 1분 정도 지났을까. 계속 나를 곁눈질로 힐끔힐끔 쳐다보는 게 아닌가. 그러려니!

"학생, 2번 버스 오려면 얼마 남았남? 내가 노안이라 잘 안 보여 그래. 학생은 눈 잘 보이지? 좀 알려 줘."

말끝이 짧았다. 나이가 많아야 나보다 서너 살 정도 많아 보였다. 얼굴이 안 보여서 그럴 수도 있겠다 싶었다.

"네, 4분 남았습니다."

"학생 맞지~~~요? 수염 보니 좀 헷갈리네. 혹 염색했나?"

"!"

다시 힐끔힐끔 쳐다보니 카운터펀치 한 방을 날리는 아줌마. 저 멀리서 버스가 한 대 출현하자 다시 말을 이었다.

"저거, 2번이지?"

아줌마는 갈수록 말끝이 짧아졌다.

"저는 눈이 봉사급이라 잘 모르겠네요, 친구. 선글라스 벗고 보세요, 이런 날씨에 무슨!"

모자를 벗고 째려보며 말한 후 2번 버스를 탔다. 정류장에 장승처럼 우뚝 선 아줌마. 으이그 정말!

2. 그곳, 흡연구역 의자

두 달 만에 방문했지만 여전히 끔찍했다. 난생처음 신체의 부자유와 행동반경의 부자유를 당한 한 달 넘는 기간의 우울, 짜증, 불안을 맛본 곳이기에. 그나마 여기는 그곳에서 눈치를 보며 잠시나마 자유로움을 느낄 수 있는 두 군데 중 하나였다. 지난 시간을 곱씹으며 치열했던 자리다툼이 있던 의자에 여유롭게 앉아 담배 한 대를 맛나게 피우고 있었다. 그때 한 청년이 내게 다가와 머뭇거렸다.

"저, 저, 저, 죄송한데요. 담뱃불 좀 빌릴 수 있을까요?"

겸손이 절절 넘치는 목소리로 내게 물었다.

"아! 여기요."

담뱃불이 뭐라고, 담배 달라는 것도 아닌데 흔쾌히 건넸다. 그리고 담뱃불을 붙인 청년이 라이터를 돌려주며 말했다. 불난 데 기름 부은 한마디!

"고맙습니다, 어르신."

뒷목을 잡고 멍하니 앉아 있을 수밖에 없었다. 으이그 정말!

3. 그곳, 목적지 앞 의자

용무를 마쳤다. 안도의 날숨을 크게 내쉬었다.

"조금 좋아졌네, 이대로 쭉 유지하면 되겠네."

그놈이 처음으로 달콤한 말을 했다. 여전히 말끝은 짧았다. 동갑이면서 끝까지 갑질이었지만 오늘은 그냥 넘어가기로 했다. 카운터 앞의자에 앉아 다음 방문 날짜를 기다리고 있었다. 그때 쩌렁쩌렁하게울리는 한마디. 죽여? 살려? 아~ 너 죽고 나 죽자!

"○○○ 아버님, 어디 계세요?"

"네 갑니다."

들숨을 크게 쉬었다.

"두 달 뒤 ○월 ○일 ○시에 방문해 주세요. 괜찮으시죠. 아버님?"

"네, 알겠습니다. 며느님! 근데 저 총각입니다."

결혼도 못한 늙은 아이에게 아버님이라니, 뒷목을 다시 잡을 수밖에. 뒤를 돌아보니 얼어붙은 나이 비슷한 그녀. 으이그 정말!

4. 그곳, 나무 밑 의자

하늘엔 조각구름 떠 있고, 불안 위엔 희망 떠 있고, 저마다 누려야 할 행복이 언제나 자유로운 곳, 그렇다. 그곳에서 가장 평화로운장소다. 회사 생활에 찌들어 구름, 바람의 숨결을 보고 느끼며 지낸얼마였던가. 여하튼 그곳은 나에게 '격리된 천국'이었다. 잠시 그 활활 타올랐던 분노를 삼키고 있을 때 꼬마 아이와 엄마가 내 앞에서두리번거렸다. 아마도 앉을자리를 찾는 것 같았는데 혼자 앉아 있는건 나쁜.

"아이야, 여기 앉아?"

아이를 본 기쁜 마음에 의자 끝으로 옮기며 말했다. 하지만 흐뭇함은 잠시. 미소가 썩소로 바뀌는 건 한순간!

"엄마? 할아버지한테서 담배 냄새 나."

순간 주변을 둘러보았다. 아이의 똘망똘망한 눈빛이 머문 곳, 바로 나였다. 그리고 때린 데 또 때리는 아이 엄마의 한마디!

"○○아, 그런 말하면 나쁜 아이야. 어르신 죄송합니다. 아이가 아직 어려서요."

뒷목을 잡고 일어서려는데 머리가 어질어질했다. 으이그 정말!

5. 그곳, 협력사 의자

성형 미모의 소유자가 있는 세상, 가식의 대화가 없는 곳이자 그곳에서 탈출하는 마지막 관문이었다. 많은 고객들 사이 그분이 가장 잘 보이는 의자에 앉아 기다렸다. 10여 분간의 꿈결 같은 세상! 연발탄으로 이어진 꿈의 대화!

"○○○ 님 드셔 보셔서 잘 아시죠? 아침, 저녁, ○알! 빠뜨리지 말고 드시고요?"

"네, 잘 알겠습니다. 고맙습니다."

음~ 이게 정상이지. 암 그렇고 말고. 물건을 가방에 모두 담고 나가려는 순간 그분의 마지막 한마디. 꿈에, 그럼 그렇지!

"꼭 빠뜨리지 마시고 드세요, 아버님?"

"음, 알겠어요, 알았다고요. 교도관 선생님!"

애써 태연한 척 나가며 뒤돌아보니 버그(Bug)난 표정으로 서 있

인생의 어느 순간에는 반드시 내 발등을 내려다보게 될 때가 온다.
그때 내 끝에 끝까지 한결같은 표정으로 간신히 붙어 있는 내 그림자를 보게 될 것이다.

는 그분. 으이그 정말!

6. 우리 집, 의자

몇 시간 동안 재탕, 삼탕, 사탕, 오탕, 한마디로 잡탕을 먹고 집에 돌아와 소파에 누웠다. 몸도 마음도 온탕, 냉탕을 10년 동안 오간 기분이랄까? 모자를 벗으니 지끈지끈했던 알머리가 좀 시원해졌다. 그때 현관문 소리에 안방에서 나온 엄니는 긴장이 좔좔 넘치는 표정으로 잠시 머뭇머뭇하더니 내게 말을 건넸다.

"뭐라고 하더냐?"

"고만고만하대. 조금 나아졌다고, 쭉 이대로 유지하래."

"다행이여, 천만다행이구만!"

엄니의 떨리는 목소리를 들으니 몇 시간 동안의 분노는 오간 데 없고 죄송한 마음뿐! 하지만 마지막 한마디. 내가 못 살아, 죽느냐 사느냐!

"아이고, 부처님께서 도와주셨구만. 잘했다. 내 강아지, 내 새끼."

대꾸할 힘도 없었다. 천장만 바라볼 뿐. 인정, 또 인정. 으이그 정말!

나이에 맞게. 날씨에 맞게. 계절에 맞게. 생각도, 외모도, 인성도… 그 무엇이든. 그 이상도 그 이하도 아닌 본 그대로, 느낀 그대로, 있는 그대로. 딱! 나에게 꼭 맞는 옷이 가장 자연스럽다. 아~ 정말!

도(道)를 넘는 예의, 선입견 그리고 나이를 뛰어넘는 옷차림, 언행은 금물. 마마, 호환, 전쟁보다 더 무섭고 더 아린, 독약이 될 수 있음을 이제야 알겠다.

아무튼, 품절된 하루가 또 지나간다.

"그대로 그렇게!"

16.
다이어트 왕!

"요새 살 쪘죠?"

그놈의 눈에 의심과 확신이 가득했다.

"네!"

나의 눈꺼풀은 고양이 수염 떨리듯 쥐구멍 속으로 들어갔다.

"얼마나요?"

그놈의 목소리가 칼 가는 소리처럼 징글징글하게 들렸다.

"2킬로요!"

나의 목소리는 천둥 치는 날의 이슬비 소리보다 가늘었다.

"세 달 전엔? 두 달 전엔? 한 달 전엔? 지금은?"

그놈의 얼굴이 샌드백처럼 보였다.

"67킬로요, 60킬로요, 56킬로요, 지금은 58킬로입니다."

나의 얼굴은 액션가면이 필요했다.

"음~ 키 179에 몸무게 58이라, 음~ 2킬로 빼세요!"

그놈의 두 입술 사이가 절취선 그은 하늘처럼 보였다.

"아니, 제가 미스코리아나 슈퍼모델 대회에 나갈 것도 아닌데, 이

키에 그 몸무게는 쫌…. 그리고 남잔데 쫌…. 휴~ 알겠습니다."

나의 두 입술 사이는 깊은 한숨으로 메워졌다.

"과거는 필요 없어요. 아직 오지 않은 미래는 말할 것도 없고 현재, 지금이 중요하지. 이제 이대로 쭉 가는 게 살길이에요. 그럼, 한 달 뒤에 봅시다."

그놈의 표정과 목소리 톤이 티브이 드라마 〈사랑과 전쟁〉 마지막 멘트 같았다.

"휴~~ 네, 그래야지요."

나의 모습은 거울을 안 봐도 뻔했다. 곰을 잡아도 웅담이 없을 때의 허망함이랄까.

집으로 돌아오는 길, 우이천 의자에 앉았다. 오래전 엄니가 한 말씀이 떠올랐다.

"물맛과 밥맛을 다 알아야 인생을 조금 안다고 할 수 있당께."

몇 년 전 배신, 모함 등 값진 수고비를 치른 후에야 물맛을 알게 되었고, 이제야 간신히 밥 한 톨이 우주보다 크고 소중하다는 걸 알게 되었다. 흰 구름이 밥, 초록 나무가 샐러드, 붉은 꽃잎이 과일로 보이기 시작했는데, 이 썩을 다이어트가 내 명줄로 줄다리기를 할 줄이야. 마음을 내려놓기 전에 정신 줄 먼저 내려놓게 생겼다. 머리 피 터지게 글 쓰든, 눈알 뽑히도록 책을 보든, 배가 등짝에 붙게 굶든, 심장이 곪도록 외로워하든, 뼈빠지게 일하든, 피 말리게 고민하든… 그래서 애간장이 타든 말든 해보는 수밖에.

'그래, 아직 최선을 다해 본 건 아니잖아!'

집 앞 계단에 앉아 다시 하늘을 보았다. 배가 고팠다. 뭔가로 배를 채워야 할 시간이었다. 이놈의 배고픔은 불평등한 세상에서도 가난하고 병든 자에게도 언제나 평등하게 찾아온다. 하늘의 흰 구름이 김이 모락모락 나는 호빵처럼 보였다. 하늘에 걸린 전깃줄이 롤케이크의 초콜릿처럼 보였다. 오만 가지 잡생각이 떠올랐다. 그리고 다짐뿐 걸신의 장난이려니! 왜가리, 산비둘기, 딱따구리, 까치, 까마귀, 참새, 온갖 잡새들의 소리가 그놈의 목소리처럼 귓가에 둥지를 틀었다. 창문 열린 경로당에서 들리는 할머니들의 웃음소리가 흘러간 날들이 스민 영화 주제가처럼 심장에 기스를 내었다.

절취선 그어진 과거, 미래, 현재의 다이어트보다 이 순간의 내 마음 다이어트 먼저 해야 할까? 다이어트 하는 사람, 술 마신 다음 날 다시는 술 안 마시겠다고 굳은 다짐을 하는 사람에게 말하고 싶었다. 먹을 수 있을 때 모두 맛있게 먹어 두고, 마실 수 있을 때 마시라고. 인간은 누구나 먹고 싶어도 먹을 수 없고, 마시고 싶어도 못 마시는 순간이 온다고. 한마디로 사람은 누구나 한 번 뼈만 빼고 다 빠지는 다이어트에 성공하는 날이 온다고…. 그러니 너무 애쓰지 말자고! 나는 혼잣말로 계속 중얼거렸다.

아무튼, 품절된 하루가 또 지나간다.
"56도 돌아가는 연락선처럼, 간절하게!"

136

17.
한때는 달새도 꽃이었다
달을 떠나기 전까지

생각하는 달새. 오래전 발송한 상품에 대해 받은 이의 의견과 결론이 담긴 정중한 답변 메일을 보았다.

"반품… 되살릴 수 없는 것!"

마음이 차분하다. 웬일일까? 상품을 보낸 지 한 달이 됐고, 답변을 기다린 지 3주 그리고 답변이 온 지 일주일이 지나서 보았기 때문일까? 그 사이 간절함이 다시 체념으로 바뀌었기 때문일까? 한참을 베란다에 서서 달새의 천국이 있는 달만 올려다보았다.

"품절… 되살릴 수 있는 것!"

마음이 차분하다. 웬일일까? 이른 아침 걷기 운동을 한다. 새소리, 바람 소리, 출근하는 자동차 소리, 분리수거하며 투덜대는 아줌마 목소리, 내 숨소리가 어우러져 조지 거슈윈의 〈랩소디 인 블루〉처럼 매력적이게 들리는 건 왜일까? 설마 묵힌 시간이 발효되어 철들게 했을까? 한참을 화단에 핀 작은 꽃만 내려다보았다.

"절판… 있는 그대로 조금씩 천천히 가고 오는 것!"

마음이 차분하다. 웬일일까? 조카가 준 유행이 지난 오래된 에코백을 메고 외출을 한다. 예전 살던 집을 지난다. 예전 이웃을 만나 안부 인사를 나눈다. 골목 끝 키 큰 나무에는 그날의 햇볕이 고여 있다. 마트에서 우유와 자두, 고구마 줄기 한 단, 버섯 한 봉지를 산 후 경로당 앞 의자에 앉아 비비빅을 돌려 빤다. "내 나이가 어때서~~~." 할머니들의 노래가 라벨의 〈볼레로〉처럼 완벽한 경지에 이른 장인의 음악처럼 들리는 건 왜일까? 한참을 창가 밑에서 아름다운 청년이 부르는 세레나데를 기다리는 소녀들의 합창을 듣는다.

"인정… 영원히 되살아나는 것!"

마음이 차분하다. 웬일일까? 때론 몸에 병들면 마음병은 낫는 것일까? 작은 사건과 현상 앞에서도 제대로 되돌아보지도 듣지도 생각하지도 못하고 분노와 막무가내 식 도전 그리고 좌절과 체념, 즉 그냥 무릎 꿇거나 허우적대던 날들. 꿈결처럼 결대로 받아들이고, 그 삶에 적응하면 되살아날 거라는 작은 소망은 부질없는 짓일까? 한참을 약봉지를 보며 빗물에 젖지 않던 눈물을 텅 빈 마음에 그린다.

생각하는 달새. 설거지를 하고 책을 읽을 테다. 엄니의 묵은 뽕짝 노래가 멘델스존의 〈한여름 밤의 꿈〉처럼 들리겠지. 겸손한 마음으로 고구마 줄기를 다듬다 보면 달새의 천국이 있는 달에 닿겠지. '인정' 이라는 특효약 한 알 '꿀꺽' 삼키고 말이다.

인생의 어느 순간에는 반드시 내 발등을 내려다보게 될 때가 온다. 그때 내 끝에 끝까지 한결같은 표정으로 간신히 붙어 있는 내 그림자를 보게 될 것이다. 어느 날 그런 날이 다시 올 때 나는 얼마나 당당할 수 있을까? 기대해 본다.

"없고 없는 것이 없는 게 없는 것이다."

아무튼, 품절된 하루가 또 지나간다.
"묵은 곡선처럼!"

18.
그때 나는 왜
이상의 시(詩)를 읽고
구름똥을 쌌을까?

넉 달 만에 눈 딱 감고 자장면 한 그릇을 먹고 집에 돌아와 오래전 원고를 정리하다가 피식 웃었다. 갓 고등학교를 졸업했을 때였을까. 시를 프린트해 모아 둔 파일에서 한 편의 시를 발견했기 때문이다. 언제 썼는지 기억이 가물가물했지만 고등학교를 막 졸업했을 때라고 추측할 수 있었다. 시의 소재나 문장에 갖은 폼을 잡은 것은 물론 유치한 단어 선택, 더더욱 그 시절 나는 이상의 시에 푹 빠져 있었으니 말이다. 하지만 무슨 이유로 이런 문구를 썼는지는 정확히 기억나지 않았다. 아마도 그 시절의 내 생각과 마음 상태가 그랬나 보다고 추측할 수밖에.

'시인 이상의 시(詩)를 읽고 구름똥 싸는 밤….'

엉뚱한 짓인지, 멍청한 생각인지, 아님 순수했던 마음인지는 몰라도 뽀송뽀송한 털이 갓 난 아이였음은 어찌할 수 없겠다 싶다. 그러고 보니 내 글에는 '~ㄴ 밤'이라는 문구가 연령대별로 있었다.

20대는 '술잔에서 별이 뜨는 밤', '울음이 스민 밤'. 30대는 '설렁탕 뚝배기에 민들레 꽃씨가 내려앉는 밤', '별밭에서 지상의 시(詩)를 읽는 밤.' 그 이후론 '푸르게 취한 밤', '불 끄고 수도꼭지를 돌리는 밤', '바람구두 신고 바람피리 부는 밤' ….

결국 난 남들의 밤은 감당할 힘이 있었지만 숨은 동기가 없는 내 마음이 편히 쉴 밤은 감당하지 못했던 건 아닐까? 그럼 지금의 난 어떤 밤에, 어떤 생각을 하며 살고 있을까. '벗, 별과 소소한 이야기를 나누며 달빛 한잔 마시고 싶은 밤', '역사서를 읽으며 트로트와 아이돌 그룹의 노래를 흥얼거리는 밤', '아무것도 바랄 게 없는 밤'일까? 그냥 '아기초록 잎에 앉은 풀벌레 소리와 방문 틈으로 새어 나오는 엄니의 이슬비보다 가는 코 고는 소리가 하모니를 이루는 밤', '아무 생각 없는 밤'이라고 해 둘까? 결국 이번 연령대도 이러지도 저러지도 못하고 망설이다 지나가고, 돌아올 수 없는 밤들이 한결같이 아름다운 것들로 치장되는 건 아닐는지.

오늘은
수박만 한 달빛 가슴에 안고
막다른 골목 끝을 돌아 집으로 돌아오는
아버지의 모습이 그리운 밤!

나, 너, 우리는 어떻게 밤의 짐을 감당하고 있는가?
나, 너, 우리는 무엇을 꿈꾸고 무엇을 비울 것인가?

저 하늘의 별이 반짝반짝 빛나 보여도 그 깊은 속마음은 누가 알까?
100년 된 키 큰 나무 한 그루, 달의 마음을 둥글게 감고 있다.

아무튼, 품절된 하루가 또 지나간다.

"그냥 자장면 한 그릇에 자꾸 물 먹히는 밤!"

19.
한 나무 아래
3초도
머물지 않는다

새벽 1시경, 스님과 나는 '바람의 말을 그린다'는 원고의 한 구절처럼 바람을 물감 삼아 인도 집시의 이름 모를 그림을 그리듯 인사동 길을 걸었다.

"스님, 장욱진 화가의 말처럼 완전한 고독 속에서는 외롭지 않습니까?"

"이놈아, 쓸데없는 소리 하지 말고 술이나 한잔 하러 가자."

잠시 말없이 걷던 스님께서 일갈하셨다.

인사동 한 귀퉁이 포장마차, 스님은 연거푸 술잔을 비워 소주병 두 꺼비의 숨통을 터 주었다.

"스님, 정말 부처를 만나면 부처를 죽이고 조사를 만나면 조사를 죽여야 하고 부모를 만나면 부모를 죽여야 깨달음을 얻을 수 있습니까?"

"음."

"어제도 열 병 정도 술을 드셨다고 하셨는데, 왜 이리 술을 많이 드시는지요?"

"술보다 못한 놈들이 술을 마시는 세상이야. 그냥 술이나 마셔라."

"왜 불교에서 가장 어렵다는 금강경을 내시는지요, 스님?"

"세계 최고의 금강경, 최고로 쉽게 이해할 수 있는 금강경을 쓰고 싶었어, 이게 바로 그 금강경이야."

원고 속에서 술을 진창 마시며 제자에게 일갈하시는 원효대사의 모습이 오버랩되는 건 왜일까?

그날, 젊은 내 쌀통보다 두 배는 더 세상의 공기를 들이쉰 스님은 술도 두 배 더 드신 후 곧장 자리에서 일어나 이름 모를 허름한 여관 속으로 사라졌다. 난 3초도 머물지 않고 뒤돌아서며 긴 날숨을 내쉬었다.

2009년 4월 어느 날 인사동 포장마차에서의 일로 딱 10년 전 일이다. 내가 한 출판사의 편집장으로 재직할 때 저자이셨던 스님과의 일화인데, 까맣게 잊고 지내다가 오늘 문득 그날의 풍경이 생각났다. 모든 대화가 생각나지는 않았지만, 다행이랄까? 오래된 노트에서 그날의 술자리 대화가 적힌 메모를 찾아내었다. 그 순간이 내 삶에 조금이나마 영향을 끼쳤기 때문일 수도 있고, 아님 보도자료에 쓰려고 적어 놓았을 것이다. 아니나다를까 책 검색을 해 보니 정말 보도자료 첫 장에 이 내용이 있었다. 책 설명도 아니고 편집자가 저자와의 일화를 보도자료에 쓴 것은 아마 이 책 외엔 없을 듯하다. 그런데 왜 갑자기 그날이 떠올랐을까? 아마 무의식 속의 내가 딱 한 잔의 술이 간절했는지 모르겠다.

그때 나는 지금과 마찬가지로 참 무식했던 것 같다. 금강경을 해

석한 책『한 나무 아래 사흘을 머물지 않는다』라는 책을 만들고 있으면서도 왜 금강경인지도 몰랐다. 금강경? 한자를 자세히 안 읽었다가 부제를 디자인상 영어로 쓰면서 머릿속에 들어왔으니 두말할 필요가 있을까. 'The Diamond Sutra.' 그 '금강'이 금강석, 즉 다이아몬드였다니! 역시 내 뇌는 구슬만큼 작고 뇌 주름이 없지 않고서야 어찌 이런 일이 일어날 수 있을까. 그리고 술자리에선 불교서적 몇 권 만들고, 철학책 좀 읽었다고 한마디로 똥폼, 개폼 잡는 허황된 질문이나 던졌으니 말이다.

드디어 오늘에서야 1천 페이지에 달하는 책 한 권을 완독했다. 책 첫 장에 내가 쓴 글을 보니 5월 8일부터 읽기 시작했는데 글 읽는 속도가 느린 건지, 가슴에 와 닿는 글이 많았는지, 뇌의 주름이 아직도 없는 건지, 8월 23일 오늘에야 마지막 책장에 몇 자 쓰고 덮어 버렸다.

첫 장

"안타까운 마음뿐! 죄송한 마음뿐! 마음 한구석에 꽃씨 하나 심고 붉은 핏물 준다."

2019. 5. 8. 어버이날. 격리된 천국에서.

마지막 장

"마음 한구석에 작은 꽃 한 송이 피었네. 고마운 마음으로 맑은 물을 주네. 열매가 맺히는 그날까지…"

2019. 8. 23. 3시 1분. 재발견의 날. 꽃밭 서재에서.

사랑이란 건 행복과 불행, 설렘과 불안 그 틈에 있을지도 모르는 눈에 안 보이는 것.
그 실체를 모르니 헤맬 수밖에 없는 것.

생과 사 경계를 넘어 읽은 책을 다 읽은 날답지 않게 마음이 편안한 하루다. 그러고 보니 스님 생각이 난 것도, 이 책을 다 읽은 후의 느낌도 그리 다르지 않다.

'최고를 쉽게! 깊은 것을 편안하게! 단순하게!' 걱정한다고 해결되면 무지막지하게 걱정하겠지만 오만 가지 빛깔의 걱정도 펼쳐 놓으면 시간의 바람에 뒤섞여 한 빛깔이 되어 즐겨 볼만한 것을. 바닷가 외진 동네 한구석에서 지렁이 울음소리, 귀뚜라미 웃음소리 듣는 일과 같은 것!

책장을 덮은 후 편안하게 스님 생각하며 10년 전 그날 마신 술에 대한 '해장 글' 한 그릇 낙서해 본다.

"뱁새가 봉황보다 즐겁고, 철부지 아이가 군자보다 맑고, 개울물이 천 길 물속보다 시원하고, 눈앞 뒷동산이 고흐의 그림보다 감동적이고, 맑은 뜬구름이 붉게 타오른 태양보다 편안하고, 그날의 스님과의 술 한잔이 천하의 산해진미보다 향기롭고 맛났다네! 스님, 돈도 명예도 사람의 미모도 인생의 한 과정일 뿐 결과는 한 줌 흙이겠지요?"

그러고 보니 무정한 사람처럼 스님 사진 한 장 남은 것이 없다. 그 흔한 책의 프로필 사진도 말이다. 반가운 봄비도 떠날 땐 아쉬움을 남긴다는데, 혹 그리운 그날의 술자리 풍경 하나 내 기억 속에 남기셨는지.

10년 전 그날 그리고 지금, 여기, 참 다행인 날 생각 한 조각. 아직도 스님은 집시처럼 종착역 없는 어느 길을 여행하고 계신지? 아직도 나는 철없는 아이처럼 파리 대가리만 한 글자 속에서 헤매고 있는지? 아직도 나는 내가 가장 어렵다!

아무튼, 품절된 하루가 또 지나간다.
"딱 한 잔 그날처럼, 참 다행인 오늘처럼!"

20.
눈물은
오늘로
마감해 보는 거야

정자에 앉아 숲을 본다. '나는 어떤 사람인가?' 과거의 숲, 미래의 숲, 시간이 만든 자서전과 막연한 행복이 만든 빈 스케치북의 '사이'를 오간다. 두려워하고 조심하기를 깊은 못에 임하는 것같이 하며 엷은 얼음 밟는 것같이 살라 했거늘 너무 안일하게, 때론 무모해 보일 정도로 앞만 보고 살아온 건 아닐까? 또 아직 오지도 않았고, 안 올지도 모르는 것에 대해 막연한 희망을 가지고 살아온 건 아닐까? 한마디로 오만 걱정과 오만 잡생각을 하며 살아온 증거가 현재의 내 모습일 터이다.

"지금, 여기!"
나에게 주는 말!
"계구신독."
'혼자 있는 것을 경계하고 두려워하고 삼가라'는 말! 남이 보는 앞에서는 다들 잘하지만 남의 시선이 사라지고 혼자 있게 되면 사람이란 편한 것을 따르게 마련이고 슬쩍 못된 생각도 하게 되니 그때를 경계하라는 말!

　사막 속의 숲, 숲속의 사막, 탁 트인 곳에서 가려진 곳, 가려진 곳에서 딱 트인 곳. '어디서 마음을 구할까?' 하는 마음낙서 지우고 "지금, 여기!", "나는 고귀하신 예언자, 내가 입을 열 때에는 개도 짖지 못할지어다." 셰익스피어 『베니스의 상인』1막 1장처럼.

　불안, 좌절, 슬픔 그리고 망설임….
　청소기 빵빵하게 돌린 후 달맞이꽃에 물 주고
　따라가다 보면 달에 닿을 수도 있겠지!
　눈물은 오늘로 마감해 보는 거야!

　아무튼, 품절된 하루가 또 지나간다.
　"꽃에 물 주는 마음처럼 올곧게!"

21.
길게
한 번 울었다

아무것도 할 수 없는 자에게
철학책은,

삶을 치장하는 데코레이션
삶을 짓누르는 환각제일 뿐

그래서, 굳어 버린 난
누구를 위해 종을 울리든 말든
에밀레~~~ 헤벌레~~~

지구 밖, 태양여관에서
현재를 관조하는 고양이처럼
과거를 야리는 도둑고양이처럼

한 번 길게 운 후

지켜보기로 본다.

아무튼, 완벽한 하루가 시작될 것이다.

"신비한 타인의 마음처럼!"

눈을 뜨고 잎을 떨군 나무의 속살을 바라보았다.
다시 눈을 감고 겨울바람의 노래를 들었다. 저절로 입가에 미소가 지어졌다.

저녁 산책을 한다
동네 입구, 항상 제자리에 서 있는 붉은 빛 가로등
크레바스에 빠졌던 지난날을 비춘다
보장 받지 못한 시간 앞에서
나는 얼마나 많은 밤하늘의 별을 세었던가?
말할 수 없었던 마음을 본다

내가 온전히 나로 존재하는 시간!

3부
내가 온전히
나로 존재하는 시간

1.
1분 동안의
고독

"주인공?"

"네!"

"네 삶의 주인공이 돼라!"

"네!"

"주인공?"

"네!"

"머무르는 곳마다 꼭 주인이 돼라!"

"네!"

매일 새벽, 가부좌를 틀고 산을 바라본다. 스스로 묻고 답한다. 그리고 자괴심이 끓어올라 1분 동안 벽을 보고 앉아 눈을 감는다.

백번 옳은 말씀이다! 면벽수행?

백번 말하고 한 번도 실행에 옮기지 못했다! 면벽참회?

한 번뿐인 삶을 퍼즐 짜 맞추듯이 사는 게 무의하다는 생각이 들었다. 그 퍼즐도 누군가가 만들어 놓은 틀일 테니까.

반성으로 하루를 시작해 일 분 동안 고독을 씹고, 반성으로 끝나는 하루. 무한참회, 무한고독, 무한도전, 무한경쟁, 무한속도, 무한상실, 다시 무한리필, 무한재생….

살짝 미쳐 머리에 꽃을 달면 세상이 즐겁다지? 세상은 불공평해도 사람 몸무게는 정직하다지? 매일 일 분 고독을 씹으세요? 쓰면 뱉고, 달면 삼키지 말고!

언제쯤 나는 생각을 행동으로 옮겼을 뿐이다라고 겸손하게 말할 수 있을까? 답은 내 안에 있고, 선택은 나다!

"더 이상 삶에게 묻지 말고, 이젠 나의 물음에 답하라!"

아무튼, 품절된 하루가 또 지나간다.
"모노드라마의 품격처럼!"

2.
내가 온전히
나로 존재하는 시간

몸이 아픈 날, 체기가 있는 날엔 그날이 떠오른다.

새벽 3시, 옆 사람의 피 끓는 기침소리에 옅은 잠에서 깼다. 먼저 잠에서 깬 앞사람이 창가에 서서 하늘을 보고 있었다.

"저것 봐, 달이 너무 커. 달 밑 저 별은 이름이 뭘까? 꽃처럼 예뻐!"

간신히 몸을 일으켜 절춰선 그어진 창문을 올려다보았다. 어제 신문기사에서 읽은 목성이었다. 아름다움이 선명했다. 몸이 느끼는 아름다움은 처음이었다. 그리고 몸이 버틸 수 없어 누웠다. 한 평 천장은 은하수처럼 높고 깊었다. 방 안을 둘러보았다. 흐린 등 하나가 떠 있었고, 노란 항생제, 이름 모를 하얗고 투명한 비닐봉지 열 개가 목성보다 더 빛나고 있었다. 그 밑엔 꽃병의 꽃이 제 몸을 꼭꼭 여미고 있었다.

울음이 터질 것 같았다. 머리끝까지 이불을 덮었다. 심장이 젖고 울컥울컥했다. 눈물은 나오지 않았다. 이뇨제 때문이라고 잠시 투덜대었다. 이내 이뇨제 덕분에 홍수가 나지 않아 다행이라고 생각했다. 창가에 선 사람이 창문을 열었다. 바깥세상이 들어왔다. 밭은기침이 나왔다. 침을 삼켰다. 더 선명하고 거센 밭은기침이 계속 나오고 거짓말처럼 눈물이 나왔다. 달뜬 얼굴을 타고 흘러내린 눈물을 삼켰다. 그리고 체했다. 방 안으로 들어온 사람들이 불안한 눈동자를 굴리며 나를 내려다보았다. 낮달이 뜨고 낮달이 사라질 때까지 꿈속에서 달 꿈을 꾸었다.

아직도 지난 늦봄에서 여름까지 불었던 바람이 마음의 문을 열고 나가지 못했는지 바람소리만 들리면 습관적으로 밭은기침을 한다. 집 안의 모든 커튼을 친다. 따뜻한 보리차를 마시며 음악을 튼다. 〈쉘부르의 우산〉. 처음으로 본 뮤지컬 그리고 영화 OST. 이불 속으로 들어간다. '아프다!' 그리고 마음을 다잡는다. 지금 걱정, 불안, 고통, 그리움, 외로움 안에서 하루를 보내고 있다면 나는 살아 있는 것이다. 아픔을 느낀다는 것은 내가 오늘 살아 있다는 증거이니까. 아프지 않으면 나는 이미 죽은 것이니까. 괴롭고 슬프지만 기뻐하고 감사할 일이다. 나직한 숨소리를 더 발끝까지 끌어내리고 겸손한 마음으로 그날 새벽에 흐느끼던 선율, 그날 떠오르던 한마디. 그날 말할 수 없었던 한마디를 말한다.

"당신, 참 좋은 사람이야!"

아무튼, 품절된 하루가 또 지나간다.
"심장이 젖는 그 느낌처럼!"

162

빛이 밤에 더 빛나는 건 시간의 간절함 때문일까?
나는 고독이라는 옷을 껴입고 누군가 이 긴 침묵의 거울을 깨 주기를 바라고 있었던 건 아닌지.

3.
이처럼
보시니
참 기뻤다

이처럼 나는 보았다

천년에 이르는 형상 없는 세월이 담긴 공간을

손때 묻은 리모컨 버튼 하나에서 형상 있는 현실의 간절함을

여섯 평짜리 에어컨에서 나오는 깊은 한숨 같은 뜨거움을

이처럼 나는 생각했다

형상 있는 현실에서 천년 전 실상의 공간으로

순수함에서 애간장 타는 마음속으로

열 명의 사람들 입에서 터져 나오는 시원한 웃음 속으로

이처럼 나는 기뻤다

불타던 에어컨에서 냉수 같은 바람이 나오자

고요한 세월의 공간에서 산과 바다, 절벽이 푸르게 부서졌다

십 분에서 천 년 사이

직선과 곡선의 마음 사이
낯선 시간 여행 참 좋았다!

10여 일 전부터 그녀는 말했다. 오늘도 똑같은 시간, 똑같은 반찬의 저녁 식사 자리에서 한 치의 다름도 없이 말했다. 목구멍으로 갓 넘어간 밥 한 덩어리가 불타는 태양처럼 뜨거웠다. 얼음물 한 잔을 쉼 없이 내장 속으로 들이부었다. 한숨을 돌린 후 더 이상 참을 수 없어 그녀에게 물었다.

"또 그 얘기야? 도대체 뭐가 문제인데?"

"경로당이 불바다여. 그놈들이 멀쩡한 걸 떼고 쬐깐한 걸 달아 놔 더워 죽겄당께?"

"설마? 아파트 관리 기사 아저씨 있잖아. 고쳐 달라고 해."

"우리가 관리 기사 양반 데려다가 보이고, 아파트 소장까지 다 왔다 갔는데 그 순간만 잠깐 시원허고 다음 날부터는 그 팔자랑께. 그리 내 말이 못 미더우면 니가 가서 보면 될 것이 아니여?"

그랬다. 경로당의 에어컨이 문제였다. 작년 일생일대 최악의 폭염 때 구청 직원들이 경로당을 방문해 경로당 생활의 애로사항을 수렴해 간 모양이었다. 벽걸이 에어컨 한 대와 선풍기 두 대가 쉴 새 없이 돌아가고 있었지만 열 명의 어르신들의 피서지가 되기에는 턱없이 부족한 현실이었기에 새 에어컨을 놓아 달라는 간절함을 전했던 모양이다. 새 에어컨을 설치한 날, 어르신들의 입에서 환호성이 나왔다고 한다. 하지만 며칠 후부터 깊은 탄식의 날들이 이어질지 누가 알았겠는가.

밥을 몇 숟가락 먹는 둥 마는 둥 더 이상 먹다간 내 속에서 천불이 날 것 같아 무작정 그녀를 앞세우고 경로당으로 갔다. 하지만 현관문을 나서면서부터는 바위를 삼킨 듯 마음이 무거워졌다.

'아, 내가 무슨 짓을 하고 있는 걸까? 지금도 컴퓨터를 메일 발신, 수신용 정도로 사용하고, 3년 전에야 겨우 스마트폰으로 바꿔 바탕화면도 어린 조카가 깔아 줘야 하는 수준 아닌가. 심지어 대학 시절 아르바이트할 때 화장실 전구를 교체하다가 눈앞에서 폭발한 이후 내 방 전등도 교체하지 않는 기계치인데 뭘 어쩌려고, 관리 기사도 못 고친 걸 어쩌려고. 지금이라도 집으로 돌아갈까 말까 천근같은 망설임….'

어르신들이 모두 집으로 돌아간 10평 남짓한 공간은 너무나, 너무나 고요했다. 벽 하나를 사이에 두고 안팎의 공기와 느낌이 이토록 다를까. 휴지 한 조각 없고, 잘 정돈된 가구 배치, 물기 하나, 먼지 하나 없이 말끔한 싱크대. 그리고 낡은 담요 한 장과 화투, 마치 세월을 거슬러 오른 세상의 공간처럼 낯설었다.

"작년에도 이렇게 더웠어?"

"더 더웠구만. 징했어야!"

에어컨을 켰다. 뜨거운 바람이 나왔다. 에어컨 전원 코드를 빼 보고, 바람 나오는 입구도 라이터를 켜 살폈다. '자동차에 이상이 생기면 차 보닛을 먼저 열고 숙련된 정비사인 양 살피는 사람'처럼, '여자 친구의 컴퓨터를 고쳐 주겠다고 전문가인 양 곰곰 고민하는 척하다가 전원 코드를 껐다 켜는 사람'처럼!

도무지 고장의 원인을 알 수 없었다. 아니 알 턱이 없었다. 물 한 잔을 마신 후 선풍기 앞에 앉아 생각했다. 그녀는 '그럼, 그렇지' 하는 못마땅한 표정을 지었지만 급한 성격을 누르고 있는 걸 보니 아직 내게 마지막 희망을 걸고 있는 듯했다.

"누가 에어컨 켜?"

"그날 젤 먼저 오는 사람이제."

"누가 제일 먼저 오는데?"

"그날그날 다 다르제."

"음~ 그렇군."

답은 하나였다. '단순하게 생각하기!' 한마디로 어르신들의 입장에서 생각하고 행동해 보기. 한편으론 간절함이 담긴 최후의 방법이기도 했다. 난 맥가이버도, 기술자도 아니니까 밑져야 본전 아닌가.

나와 어르신들과의 공통점은 무엇인가? 기계를 잘 못 다룬다는 것, 집 안에 혼자 있을 때는 에어컨을 켜지 않는다는 것. 그러므로 에어컨 리모컨을 만질 일이 없다는 것.

숙련된 정비사인 양, 컴퓨터 전문가인 양 고개를 숙이고 고민하는 척하다가 내린 결론은?

열 명 어르신들의 삶을 합친 천년 가까이 산 애간장 타는 마음으로, 한 명 늙은 아이의 자존심을 건 최후의 간절함으로, 같은 현실에 사는 다수가 아닌 소수의 마음으로! 다시 리모컨을 보았다. 그렇다. 또렷이 보았노라. 희망 설정 온도 30도! 유난히 손때 묻은 리모컨 버튼 하나, 온도 상승 버튼.

그랬다. 아파트 관리기사가 왔을 때는 시원했다. 그러나 다음 날부터 제일 먼저 온 어르신이 시원하게 동무들을 맞이하려고 누른 버튼이 바로 온도 상승 버튼이었기에 더울 수밖에. 그것도 폭염을 견디고 올여름 끝자락에서 말한 한마디.

"불바다여!"

온도 하강 버튼을 바닥 끝까지 내리자 계곡물 같은 시원한 바람이 콸콸콸. 달뜬 그녀의 표정을 보자 그제야 안도의 한숨이 쏟아져 나왔다. 그리고 양어깨를 펴고 그녀에게 조곤조곤 얼렁뚱땅 설명했다.

"애간장 타려면 화살표가 윗방향인 걸 누르고, 속시원하려면 화살표가 아랫방향인 걸 눌러야 해. 난로하고 에어컨은 정반대야, 알았지? 그리고 내가 기계를 못 만지는 게 아니라 알면서도 안 만진 거야. 귀찮으니까!"

간절한 마음 때문일까? 소 뒷걸음치다가 쥐 잡은 꼴이었다. 이젠 망설이기보다 일단 무엇이든 도전해 보기로 했다. 나에겐 주름 없는 뇌의 '단순함'과 '그냥 인정하는 마음자세'라는 강력한 무기가 있으니까. 경로당에서 나오려는 순간 현관문 안쪽에 붙어 있는 종이의 글을 보고 머리가 멍해졌다. 내 눈앞의 가로등 불빛보다 저 먼 달의 빛이 더 깊은지를….

　"맨 늦게 나가는 사람 불 끄자. 내 마음속이라 생각하고."

　아무튼, 품절된 하루가 또 지나간다.
　"천년을 오가는 시간 여행자의 마음으로!"

4.
욕심이
꽃을 꺾는다

매일 새벽,
꽃에 물을 준다

들리지 않는 꽃말
눈에 보이는 꽃말

소리소문 없이 다가오는
소소한 즐거움.

올해부터 아침에 눈을 뜨면 제일 먼저 분무기를 집어 들었다. 오랜 세월 동안 분무기는 엄니의 전용 물건이었다. 회사에 출근하는 내 옷과 손수건 등을 다릴 때 쓰였으니까. 요샌 외출을 거의 하지 않기에 분무기의 용도가 달라졌다. 분무기의 주인도 바뀌었다. 어릴 적부터 우리 집은 집의 크기와 상관없이 꽃이 많았다. 아예 꽃을 키울 수 없는 환경이었을 때는 꽃나무가 있는 집이나 근처에 살았다. 꽃을 싫어

하는 사람이 있을까? 꽃이 싫은 것보다 우리가 사는 집 환경에 비해 너무 꽃이 많았고, 벌레들이 들끓는다는 이유로 나는 자주 불평을 늘어놓았다. 한마디로 난 꽃에 관심이 없었다. 그렇다면 왜 요샌 꽃에 물을 주게 되었을까? 이유는 단 한 가지. 동물과 달리 식물은 사랑을 받으면 조용히 그 사랑에 대한 화답을 하기 때문이다. 소리소문 없이 꽃을 피우거나 넝쿨 줄기에서 연둣빛 작은 잎이 나온 것을 보았을 때의 기쁨이란 한편의 감동적인 영화를 보고 난 후의 기분이랄까. 아마 꽃을 사랑하는 사람치고 악한 사람이 없다는 말은 꽃을 보고 악한 마음을 먹을 수 없다는 말일 터이다.

얼마 전, 지인 한 분이 꽃병을 선물해 주신 후부터 작은 고민거리가 생겼다. 동네에, 서울 안에 이런 곳이 있을까 하는 생각이 들 정도로 시골스러운 산책로가 있어 하루 두 시간 걷기 운동을 하고 있다. 북한산 밑이라 왜가리, 산비둘기, 청둥오리, 사람 키만큼 자란 갈대를 보며 걷다 보면, 추상적인 '행복'이라는 단어에 어울리는 풍경이 펼쳐진달까!

손톱만 한 꽃이 내 눈에 들어오면서 마음이 흔들리기 시작했다. 여름에는 무심히 보고 지나쳤던 꽃인데 겨울이 되어 눈발이 날리는데도 몇몇 꽃은 아직도 있는 그대로의 모습이었다. 무슨 꽃일까? 하루하루 지날수록, 갈수록 그 작은 꽃을 가지고 싶다는 욕구가 점점 강해졌다. 심지어 꽃줄기를 만졌다가 다시 되돌아오기를 여러 날 반복했다.

그러던 어느 날, 매일 물을 주던 제라늄 줄기 끝에 작은 꽃봉오리가 맺힌 것을 보았다. 심장이 뛰었다. 얼마 만에 느껴 보는 설렘인가. 순간 산책로의 꽃이 생각났다. '작은 꽃이 내게 설렘을 주었다면 산책로를 걷는 많은 사람들도 설레었겠지' 하는 생각에 이르자 심한 부끄러움을 느꼈다. 집에 돌아가자마자 거실에 놓여 있는 꽃병을 치웠다. 마음이 편안해졌다.

산책을 한다. 손톱만 한 작은 꽃을 본다. 내가 애정을 보낸 마음만큼 꽃의 미소를 본다. 설렘을 준다는 건 시간을 사는 것. 너라는 꽃, 나라는 꽃, 우리라는 꽃. 세상의 모든 건 자기 자리에 있을 때 가장 아름답다. 그리고 꽂는 마음이 꽃을 꺾는다.

아무튼, 품절된 하루가 또 지나간다.
"소리소문 없이!"

5.

미소 보약!

말로만 무언가를 약속하는 건 참 매력이 없다

약속이 지켜지지 않으면 몸과 마음이 제로가 된다

때론, 그 제로 상태가 굉장히 매력적인 순간의 시작이 될 수 있다.

"커피 한잔해?"

오랜만에 약속이 있는 날이었습니다. 이른 아침에 베란다 문을 활짝 열자 공기에서 민트향이 났습니다. 하루가 다르게 푸른 하늘은 두 팔 벌린 제 손가락에서 점점 더 멀어져 있고 품 넓은 초가을 하늘이 성큼 내 안으로 들어왔습니다. 숨을 깊게 들이쉬고 내쉴 때마다 짙은 보랏빛 사랑초 꽃잎이 한들거리는 참 맑은 하루의 시작이었습니다. 오랜만의 외출이니까 꽃단장까지는 아니더라도 왠지 계절에 어울리는 옷차림으로 외출하고 싶은 마음이 샘솟더군요. 반팔셔츠에 카디건을 입을까? 그레이색 티셔츠에 네이비색 캐주얼 슈트를 입을까? 초가을이라 옷 입기가 조금 애매모호했습니다. 그래도 두 달 만에 하는 외출이고 조금은 젠틀한 느낌을 주고 싶어 네이비색 캐주얼 슈트를 입고 나가기로 결정했습니다.

　문밖 세상의 공기와 날씨는 참 가슴을 설레게 했습니다. 대학 시절, 가슴 속에 오래 간직하고 있던 그대를 처음 만나러 나갈 때의 그 설렘이랄까요. 꼭 그렇다고 이성을 만나러 나가기 때문에 설렌 감정이 드는 건 아닙니다. 아마 동성의 지인을 만나러 나간다고 해도 똑같은 마음일 겁니다. 너무 오랫동안 사람의 향기를 맡지 못했기 때문입니다. 여하튼 두 발은 땅에 닿는 느낌이 없을 정도로 가벼웠고, 길가의 이름 모를 꽃들마저 저의 이런 기분을 알아주는 듯 참 좋은 향기를 뿌려 주었습니다. 내친김에 저는 마을버스를 타지 않고 걸어서 약 20분 정도 걸리는 지하철역까지 걸어가기로 마음먹었습니다. 15분 정도 걸리는 지름길이 있었지만 시간도 넉넉하고 이 기분을 조금 더 느끼고 싶었습니다.

　집 근처의 냇가를 따라 줄지어 선 나무 그늘 밑을 걸었습니다. 숲길을 걷는 빨강머리 앤도 이런 기분이었겠지요. 10분 정도 물위를 유유히 떠다니는 청둥오리 떼를 보며 걷다가 주택가로 접어들어 100여 미터쯤 지났을 때 핸드폰이 울렸습니다. 오늘 만나기로 한 사람이었습니다. 축 가라앉은 목소리를 듣는 순간 왠지 불안한 예감이 들더군요. 약속 시간 한 시간 전이나 하루 전날 만나기로 한 상대방의 이름이 핸드폰 화면에 뜰 때의 알싸한 기분 말입니다. 온몸에 힘이 한순간에 빠져 나가는 것 같았습니다. 잠시 발걸음을 멈추고 신발 끝을 보고 있는데 발끝이 나도 모르게 집 방향으로 돌려지더군요. 오늘 만나기로 한 상대가 간밤에 몸살이 걸렸다고 합니다. 사람 아프다고 하는데 무슨 말을 할 수 있겠어요. 상대를 탓할 수 없고, 순간 상대방과의 여러 번의 약속과 여러 가지 정황을 유추해 보니 미운 건 제 설렌 마음이더군요. 이런 순간들을 제 몸은 기억하고 있었는지 그래서 무의식적으로 발걸음을 돌렸나 봅니다.

집으로 돌아가는 길은 조금 전 설렌 마음으로 걷던 물가 나무 밑길 말고 최단 시간에 도착할 수 있는 길을 택했습니다. 약속이 깨져 온몸이 엔진 고장 난 자동차처럼 삐거덕거리기도 했지만 낮 시간이 가까워지니 기온이 올라 이 옷차림으론 집까지 걸어갈 엄두가 나지 않았습니다. 하물며 한낮이라 택시도 잘 다니지 않았고, 병이 호전되기는 했지만 체력이 받쳐 주지 못하니 진퇴양난의 마음이랄까요? 한 5분 정도 걷다가 더 이상 몸을 움직일 수 없을 정도로 몸 상태가 나빠졌습니다. 주위를 둘러보니 어느 집 대문 앞에 놓여 있는 평상이 보였습니다. 전 물에 빠진 사람이 지푸라기라도 잡는 심정으로 평상에 털썩 주저앉다 못해 드러눕고 말았습니다. 잠시 멍한 상태로 깊고 푸른 하늘을 보며 누워 있을 때 웬 할머니의 목소리가 들렸습니다. 고개를 돌렸을 때 할머니는 큰 양은 쟁반을 들고 서 계셨습니다.

"젊은이, 많이 지쳐 보이네. 아이고, 이 날씨에 양복까지 입었네. 시원한 커피 한잔해?"

할머니께선 양은 대접에 봉다리 커피 다섯 개를 넣고 주전자에 담긴 시원한 물을 따랐습니다. 그리고 물 위에 뜬 얼음까지 손으로 끄집어내어 넣은 후 손가락으로 휘휘 저어 제게 내밀었습니다.

"마침 냉커피 한잔 마시려고 했는데 말동무가 생겼네? 아참, 손 씻었으니 염려 말고 한 모금 해!"

처음엔 이 상황이 무척 당황스러웠지만 커피 사발을 건네며 환하게 웃는 할머니의 얼굴을 보는 순간 마음이 푸근해지더군요. 어릴 적 시골 외할머니께서 서울에서 버스를 타고 오느라 멀미로 고생한 제게 시원한 미숫가루 탄 물을 건네주시던 그 순간으로 되돌아간 듯했습니다. 커피 한 모금을 마시니 온몸에 커피향이 스며들었습니다. 인스턴트 봉다리 커피에 무슨 향기가 날까요. 하지만 정말 향기가 났습니다. 아마 할머니의 마음이 담긴 미소 향기라고 할까요. 할머니와 함께 한 잔의 봉다리 사발 커피를 번갈아 마시며 많은 이야기를 나누었습니다. 어디에 살며, 무슨 일을 하는지, 심지어 오늘 아침부터 지금 이 순간까지 일어난 일과 마음 상태까지 말입니다. 그런데 할머니께서는 처음부터 끝까지 제 말을 들으며 환한 미소를 지으실 뿐 어떤 말도 하지 않으셨습니다. 하지만 곧 왜 할머니께서 아무 말도 하지 않고 제 말에 귀기울여 주셨는지 그 마음을 알 수 있었습니다. 할머니의 처음이자 마지막 직업이 간호사였다고 합니다. 몇 십 년 동안 아픈 사람들을 수없이 많이 보고 함께 하셨기에 제 얼굴과 행동을 보고 상태를 금방 알 수 있었다고 하네요. 때마침 커피도 마시려던 참이었고요.

"젊은이? 너무 낙담할 필요 없어. 음 뭐랄까? 몸과 마음이라는 거 오래된 만년필과 똑같아. 대부분의 사람들이 너무 아까워 잘 보관만 하잖아. 그 만년필에 잉크를 넣어 아무 글이나 써 본다고 생각해 봐? 사각거리는 마찰의 느낌, 마치 살아 움직이는 느낌이랄까? 피 검사 많이 해 봤으니 알겠네. 주사기에 빨려 들어오는 피를 보면 내가 살아 있

산책을 한다. 손톱만 한 작은 꽃을 본다. 내가 애정을 보낸 마음만큼 꽃의 미소를 본다. 설렘을 준다는 건 시간을 사는 것.
너라는 꽃, 나라는 꽃, 우리라는 꽃. 세상의 모든 건 자기 자리에 있을 때 가장 아름답다.

다는 느낌이 들지 않아? 너무 아까워, 혹 두려워 내 안에 넣어 두지도 참지도 말게. 그냥 있는 그대로 미사일처럼 발사해 봐, 시원하게. 그래야 내가 살고 그다음에 뭐든지 할 수 있어. 그때까지 지치지 말고?"

양은 사발의 커피를 다 마시고 일어나려고 할 때 할머니께서 주전자의 물을 다시 따라 주셨습니다. 여전히 맑은 미소를 지으면서 말입니다.

"어제 북한산에서 아들이 떠온 약수야. 입가심해야지. 만년필 잉크라고 생각해!"

할머니께 인사를 드리고 집으로 돌아가는 길, 뒤돌아보니 할머니는 여전히 환한 미소를 지으며 손을 흔들고 계셨습니다. 그 모습에서 맑은 꽃향기가 났습니다. 시골도 아닌 서울 주택가에서 들은 미소 천사의 목소리.

"커피 한잔해?"

길가에 핀 이름 모를 꽃들이 다시 눈에 들어왔습니다. 여전히 제 모습으로 향기를 뿌려 주고 있었습니다. 커피든 꽃이든 음식이든 사람이든 모든 향기가 전해 주는 인연, 만남, 좋은 향기의 기쁨을 알게 해 준 할머니 표 사발 커피 향기! 그리고 할머니의 마음 향기! 집으로 돌아가는 발걸음이 가벼워졌습니다.

아마도 할머니의 행복을 전해 주는 '미소 보약'을 마신 덕분 아닐까요?

그럼 나는, 당신은 어떤 향기를 가지고 있나요?

아무튼, 품절된 하루가 또 지나간다.

"보랏빛 사랑초 맑은 향기처럼!"

6.
아무것도
하기 싫은 날

사람은 누구나 정해진 궤도를 돈다. 집, 유치원, 학교, 회사, 시장, 카페, 술집, 외국 등 낯익은 곳과 낯선 곳을 돌아 집으로 다시 돌아온다. 유치원에 가고, 학교에 가고, 연애를 하고, 결혼을 하고, 아이를 낳고, 승진을 하고⋯. 기분에 따라 상황에 따라 시간의 차이는 있지만 말이다. 나는 그 법칙에 최적화된 사람처럼 곡선의 길을 따라 집으로 돌아오곤 했다. 거의 한 군데도 빼놓지 않고 말이다. 간혹 무의식 중에 목욕탕이 쉬는 수요일에 가거나 매주 1, 3주 목요일 쉬는 동네 중국집에 가거나 일 년에 한 번 설날에 쉬는 대형서점에 갈 때 빼고 아마 생을 다할 때까지 아무 생각 없이 정해진 궤도 안을 뱅뱅 돌며 살지 않을까? 하지만 생전 처음 병원이라는 곳에 긴 시간 동안 입원해 있다가 겨우 살아서 집으로 돌아온 후부터는 정해진 궤도를 돈다는 게 너무 허무하게 느껴졌다. 한 번뿐인 삶을 퍼즐 짜 맞추듯이 사는 게 무의하다는 생각이 들었다. 그 퍼즐도 누군가가 만들어 놓은 '틀'일 테니까.

간밤에 달을 보다가 새벽이 되어 잠이 들었다. 잠깐 눈을 부친다는 생각으로 눈을 감았다 떴는데 오후였다. 베란다 의자에 앉아 하늘을 보았다. 짙고 푸른 하늘이 그동안의 마음을 위로하듯 두 눈을 감싸고돌았다. 때마침 전선 위에 참새들이 앉아 쉬고 있었다. 뒷산을 타고 내려온 바람이 전선을 흔들었지만 참새들은 조금의 움직임도 없이 서로 마주보며 재잘거릴 뿐이었다. 두 눈을 감았다. 눈에 담긴 파란 하늘이 향기인 양 내 마음에 스며들었다. 오랜만에 느껴지는 평온함에 몸을 기댔다. 숨을 크게 들이쉬었다가 내쉬었다. 한들한들 때 이르게 핀 코스모스 향이 마음에 내려앉자 긴장했던 몸이 녹아내렸다. 아무것도 하기 싫었다. 본 대로 느낀 대로 살고 싶을 뿐. 오른쪽 감은 눈에 힘을 주고 다시 눈을 떴다. 따사로운 햇살 때문일까? 지난 몇 개월 간 죽도록 외로웠기 때문일까? 그냥 울고 싶었다. 소파에 누워 쇼팽의 〈빗방울 전주곡〉을 들었다. 혼자인 듯, 함께인 듯 빗방울 떨어지는 소리, 하얀 천장을 올려다보았다. 당신의 눈물이 생각날 때처럼 눈밑이 젖어들었다. 떠올랐다.

아무 생각 없이 집을 나섰다. 길가에 핀 이름 모를 들꽃들이 한들거렸다. 일단 그 꽃들을 따라 걸었다. 꽃길이 끝나는 지점에 작은 횡단보도가 있다. 차 한 대 지나지 않았다. 건널까? 말까? 잠시 망설였다. 낯익은 멜로디가 들렸다. 초록불이 깜박였다. 길은 좁은 주택가 골목으로 이어져 있었다. 몇 년 동안 이 동네에 살았지만 처음 와 보는 길이었다. 정해진 궤도만 돌았으니 어쩌면 당연한 것인지도 모르겠다. 골목은 내 예상보다 좁았다. 오래된 긴 건물에 실선을 그어 놓은 것처럼 작은 집들이 마주보고 있었다. 몇 십 년 전 시절로 타임머신을 타

조금 달리 보고, 달리 생각하면 일상의 소소한 한 컷이 행복이거늘.

고 되돌아온 듯한 느낌이랄까. 집집마다 철제 대문 위 공간에 놓은 플라스틱 화분들이 하늘꽃길처럼 이어져 있었다. 골목은 100여 미터 정도 이어지다가 새로 지은 지 얼마 안 된 다리와 연결되어 있었다. 시간과 시간을 이어 주는 것처럼 또 다른 세상으로 넘어가는 것처럼 이질적인 느낌을 주었다. 골목 건너편도 오래된 작은 단독주택 대신 오래된 빌라가 줄지어 서 있을 뿐이었다. 50여 미터 정도 걸었을까? 나는 발걸음을 멈추고 멍한 상태로 서 있을 수밖에 없었다. 재래시장이 있었다. 큰길가에서 100미터 안 주택가 안에 시장이 있다니, 너무나 안전한 곳에 숨어 있는 시장이라니! 일렬로 이어진 시장 안은 안개꽃밭이었다. 동네 할머니들이 모두 이 시장 안에 모인 듯했다. 튀김냄새가 났고, 채소를 파는 아줌마의 목소리가 쩌렁쩌렁 울렸다. 해장국집 가마솥에서 하얀 김이 모락모락 피어올랐고, 사람들 사이로 자전거와 리어카가 오고 갔다. 이 정겨우면서도 잊고 지냈던 풍경, 사람냄새가 젖어 있는 골목 안으로 들어갔다.

　　동네 재래시장, 예닐곱의 사람들이 작은 가게 앞에 서 있다. 평생 치대고 썬 허리 구부정한 주인 할머니 두 손의 춤사위에 맞춰 솥단지 김이 피어오른다. 다닥다닥 붙은 다섯 개의 식탁 위에 놓인 칼국수 그릇. 어깨를 맞댄 채 묵묵히 칼국수 한 그릇씩 비우며 들고 나는 차진 칼국수 면발 같은 사람들. 부처의 손바닥만 한 마음속에 켜켜이 쌓인 근심은 간신히 보일 만큼만 숨어 있을 뿐. 〈행복 칼국수집〉. 당신의 행복은 어떤 맛인가?

고소한 냄새가 산 사람 발목을 잡는다. 나무주걱을 간신히 피해 헤엄치는 빨간 떡볶이와 노란 보름달인 양 배를 잔뜩 부풀린 채 유유히 떠 있는 어묵 꼬치, 끝물 추억 파란 팥빙수 기계, 초록 그릇, 눈이 기억하는 동화 속 풍경들. 할머니 손을 잡고 온 노란 유치원 옷을 입은 여자아이가 긴 나무의자에 앉는다. 무얼 먹을까? 두 눈에 꿀벌 한 마리 날아오른다. 마음이 기억하는 한 아무것도 사라지지 않는 〈달콤한 분식집〉. 당신의 행복은 어디에 머물고 있는가?

좌판 위 고등어, 갈치, 조기, 꽁치, 퀭한 눈으로 누워 있다. 어린아이를 가슴에 안은 채 졸린 눈꺼풀을 힘겹게 끌어올리고 있는 주인아줌마. 마침내 꾸벅꾸벅 졸다가도 회전식 선풍기처럼 한 손으로 허공을 휘젓는다. 약아빠진 파리 두 마리, 잠시 주인아줌마 파마머리 숲에 숨었다가 생선 위에 10점 만점 포즈로 사뿐히 내려앉는다. 순간 엄마 품에 안겨 있는 어린아이의 눈동자가 커진다. 주인아줌마가 눈을 뜨며 길게 하품을 한다. 두 눈에 그렁그렁 맺히는 눈물, 깊고 깊은 〈푸른 바다 생선가게〉. 당신의 삶은 얼마나 깊은가?

재래시장 안에 헌책방이라니! 잘 맞추려 하지 않고, 잘 쌓으려 하지 않고, 그냥 맞추고, 그냥 쌓은 오래된 책들. 고소한 냄새, 물건을 흥정하는 사람들의 목소리에도 아랑곳없는 주인아저씨는 책들을 침대 삼아 코까지 골며 잠을 잔다. 어느 꿈나라 속을 날아다니고 있을까? 혹 소설 『걸리버 여행기』 소인국에서 으름장을 놓고 있을까? 잠자는 숲속의 공주와 키스를 나누고 있을까? 숨 쉬는 돌담 같은 〈꿈꾸는 책방〉. 당신은 어떤 꿈을 꾸고 있는가?

따사로운 햇살에 푸른 하늘이 선물처럼 더해진 리어카 좌판에 파랑, 빨강, 노랑, 초록, 깜장 꽃이 폈다. 늘 푸른 세상을 보고 싶은 마음일까? 파랑색 선글라스를 쓴 주인아저씨가 선글라스를 팔고 있다. 할머니 한 분이 초록색 선글라스를 쓰고 고개를 오른쪽, 왼쪽으로 저으며 거울을 본다. 거울 속에 투영된 할머니의 뒷모습에서 수십 년 지난 달력을 본다. 세월이 흘러도 변하지 않는 게 무지개 빛깔뿐일까? 오천 원짜리 지폐를 건넨 후 초록색 선글라스를 쓴 할머니가 채소가게 쪽으로 걸어간다. 늘 푸른 시간 여행 〈무지개 선글라스〉. 당신의 행복은 어떤 색인가?

채소가게 주인아줌마의 갈라지고 부르튼 입술에서 나오는 복 소리가 쩌렁쩌렁하다. 핏줄 선 손으로 배추 다섯 포기, 열무 세 단, 파 한 단, 오이 다섯 개, 당근 네 개를 담은 플라스틱 박스를 번쩍 들어 자전거 뒷자리에 싣는 모습이 오래된 흑백 사진처럼 정겹다. 초록색 선글라스를 쓴 할머니 고구마를 골라 봉투에 담는다. 채소가게 주인아줌마 고구마 봉투를 저울에 올린다. 파리 몇 마리 고구마 위에 앉자 손을 휘젓는다. 파리 무게만큼이라도 정확하게 하려는 걸까? 약간 야속한 마음이 들려는 순간 환하게 웃으며 "어르신 덤이요!" 하고 고구마 두 개를 봉투에 더 담는다. 초록색 선글라스를 쓴 할머니 입가에 미소가 지어진다. 복 소리가 머무는 〈복희네 채소가게〉. 당신의 행복 무게는 얼마인가?

185

재래시장을 둘러싼 아파트 불빛들이 사람들의 발걸음을 뒤쫓는다. 재래시장 골목 끝 저 낮은 불빛 하나 숨을 내쉬고 있다. "우리 지나온 삶이 그리 달달하지는 않았제!" 하는 엄니의 푸른 실핏줄 목소리처럼. 검게 그을린 붕어 집을 뒤집고 또 뒤집고 오랜 침묵 끝에 서서히 누런 얼굴을 드러낸 붕어빵 열두 마리. 금방이라도 하늘로 튀어오를 것 같다. 이름 없는 붕어빵 집 주인아저씨가 건넨 따뜻한 종이봉투를 쥔 왼손에서 물기가 묻어난다.

행복은 보일 만큼만 숨는 것! 초등학교 담벼락 안, 등이 휜 나뭇가지 간신히 보일 만큼 숨어 있다. 아무것도 하기 싫은 날, 동네 한 바퀴.

너무나 안전하게 동네 골목 안에 숨어 있는 재래시장 한 바퀴 여행을 하고 집으로 발길을 돌렸다. 다양한 삶의 모습을 보며 혹, 내가지금껏 누군가를 가르쳤던 모든 일들이 내가 꼭 배워야 할 것들일지도 모른다는 생각이 들었다. 각자 마음의 빛에 따라 살면 될 텐데! 내가 가지려고 하는 것보다 지금 내가 가지고 있는 것들을 되돌아보는시간이었다. 기억 속의 눈물이 생각날 때, 그 눈물이 슬퍼 보일 때, 깊은 하품을 내쉬며 눈가에 그렁그렁 눈물이 맺힐 때, 둥둥 떠다니는 것들 중 아름다운 건 구름뿐이라는 걸 느낄 때 푸른 햇살이 더해진 초가을 하늘이 선물인 양 내 마음에 스며든 오늘, 아무것도 하기 싫은날, 동네 한 바퀴.

행복은 술래잡기 놀이처럼 술래가 볼 수 있을 만큼만 숨는 것! 내 눈 밑에 숨어 있는 오래된 바람처럼. 책 사이에 넣어 둔 오래된 붉은 동백꽃 잎처럼!

아무튼, 품절된 하루가 또 지나간다.

"그 눈물이 깊어 보일 때처럼!"

7.
이상한 날의
오후 2시

D여대, H고 마을버스 정류장. 어제 파란색 체육복 차림에 커트 머리를 한 두 명 학생이 의자에 앉아 있었다. 여학생일까? 남학생일까? 중딩일까? 고딩일까? 아무리 봐도 외모상으로는 구분이 안 되었다. 이런들 어쩌리, 저런들 어쩌리. 여하튼 우리 셋은 나란히 앉아 6분 후에 도착하는 마을버스를 타야 할 공동의 목적을 가진 사람일 뿐.

"휴~ 외롭다."

학생 1이 말했다.

여학생일까? 남학생일까? 여전히 모르겠다.

"아~ 하늘의 구름도 외롭다. 교수님 과제는 언제 다하지?"

학생 2가 말했다.

중딩일까? 고딩일까? 앗, 대딩? 여전히 모르겠다.

"음~ 다 그런 거야. 빌어먹을 외로움."

내가 말했다.

놈팡이일까? 작가일까? 선생일까? 여전히 모르겠다.

순간 하늘의 구름을 올려다보고 있던 우리는 놀란 눈으로 서로의 얼굴을 쳐다보았다. 그리고 피식 웃었다. 마을버스에 함께 탔다. 학생 2가 먼저 내리고, 다음 정거장에서 학생 1이 내리고 종점 지하철역에서 내가 내렸다.

오후 2시, 지하철역 앞 K서점에 갔다. 의도한 바는 아니지만 파란색 면티에 반바지, 한마디로 깔맞춤 차림으로 말이다. 역시나 한적한 서점, 지하철역 앞 그 많은 사람들은 다 어디로 갔을까? 카페일까? 술집일까? 이런들 어쩌리, 저런들 어쩌리. 인문서 한 권을 집어 들고 문학 코너로 갔다. 한 학생이 소설책을 읽고 있었다. 낯익은 옷차림과 머리, 도무지 생각이 안 났다. 문구류 코너로 갔다. 한 학생이 ○○연필은 어디에 있냐고 묻고 있었다. 낯익은 목소리, 도무지 생각이 안 났다. 서점을 한 바퀴 돈 후 계산대로 갔다. 인문서를 들고 있는 나, 연필을 들고 있는 학생, 소설책을 든 학생이 한곳에 모였다. 두학생이 서로 대화를 나누다가 나를 쳐다보며 미소를 지었다. 나도 미소를 지었다.

지하철역 마을버스 정류장. 이상하리만치 줄 서 있는 사람이 없었다. 평일 낮이라 그럴까? 앞차가 떠난 지 얼마 안 된 걸까? 이런들 어쩌리, 저런들 어쩌리. 마을버스가 도착했다. 순간 서점에서 본 두 학생이 내 뒤에 줄을 서더니 함께 탔다. 한 학생이 먼저 내리고, 다음 정거장에서 다른 학생이 내리고, 마지막에 내가 내렸다. 머릿속이 복잡했다. '저 학생들을 어디서 봤더라?' 마을버스 정류장 의자에 앉아 한참 기억을 더듬어 보았지만 도무지 알 수가 없었다. 다음 마을버스가 지나간 후 하늘을 보았다. 구름이 눈에 들어왔다.

집으로 가는 길, 하늘의 구름을 보며 피식 웃었다. 파란색 옷, 커트머리, 구름 그리고 외로움. 그래, 빌어먹을 외로움. 그런데 여학생일까? 남학생일까? 중딩일까? 고딩일까? 앗, 대딩? 도대체 너희들 정체가 뭐냐? 이런들 어쩌리, 저런들 어쩌리. '우린 외로운 사람들'일 뿐. 침을 삼키다가 눈물을 삼키다가 체해도 '간신히 버텨 내고 있는 사람들'일 뿐!

늙어 간다는 것이 내 잘못인가?
중딩, 고딩, 대딩, 여학생, 남학생인들 무슨 상관일까?
울고 웃든 행복하든 외롭든
나나 학생이나 어느 날 나의 의지와 상관없이
불쑥 태어났고, 불쑥 죽을 테니까
다만 죽어서도 차별 받지 않기를 바랄 뿐
우리는 그냥 똑같은 사람일 뿐!

아무튼, 품절된 하루가 또 지나간다.
"간신히!"

8.
지구 영화관으로의
초대

"우리의 일상은 어떨까요? 가볍고 환상적일까요? 창조적일까요?
답은 항상 본인에게 있겠죠!"

 # 일상으로의 초대

아침에 눈뜨고, 핸드폰 확인하고, 담배 한 대 피우고, 일 분 동안
멍 때리고, 화장실에서 토하고, 생리현상 해결하고, 세수하고, 우유 한
잔 마시고, 다시는 술 안 마시겠노라고 다짐하고, 출근하고, 지하철에
서 땀 흘리고, 걱정하고, 1분 전 회사에 골인하고, 커피 한 잔 마시고,
일하고, 사장에게 욕먹고, 사표 만지작거리고, 점심으로 해장국 먹고,
졸음과 싸우고, 인터넷 쇼핑하고, 친구와 약속하고, 퇴근하고, 술 마시
고, 사장 씹고, 아내, 남편 욕하고, 자식 걱정하고, 술에 취하고, 세상
욕하고, 노래방 가고, 피 토하게 노래 부르고, 웃고, 흔들고, 건강 걱정
하고, 미래 걱정하고, 부모님 생각나고, 택시 요금 걱정하고, 걷고, 택
시 잡고, 안 잡히고, 택시 기사와 싸우고, 무의식적으로 집에 오고, 아
내에게 욕먹고, 자식들은 자고, 달은 밝고, 별은 빛나고, 카드 명세서

에 울고, 옛 애인 생각나고, 죽어라 외롭고, 옛사랑에 울고불고, 잠자고… 다시 아침에 눈뜨고….

"외로우세요? 오늘의 첫 곡은 삼각지에 사시는 일상 씨의 신청곡입니다. 신해철의 〈일상으로의 초대〉."

나는 가끔, 함박눈이 쌓인 하얀 들판에 첫 발자국을 찍는 상상을 한다. 뽀드득뽀드득 나의 인생, 나의 사랑, 나의 꿈을 찾아서 한 발짝 한 발짝 다가가는 헛된 꿈….

사랑이란 건 행복과 불행, 설렘과 불안 그 틈에 있을지도 모르는 눈에 안 보이는 것. 그 실체를 모르니 헤맬 수밖에 없는 것. 그래서 '적당히'라는 말은 애초에 가당치도 않은 것.

"매일 똑같은 일상이라도 너와 함께라면…."

감성으로의 초대

한 남자의 중후한 목소리가 듣고 싶어! 1981년. 오리엔트 아날로그 제공 시보 11시를 알려드립니다. 뚜 뚜 뚜 뚜~ 따라라라라라~ 한 남자의 중후한 목소리. 〈이종환의 밤의 디스크 쇼〉. 안녕하세요. 이종환입니다.

"비가 내리네요. 저 밤거리에도 우리의 마음속에도…. 오늘의 첫 곡은 서울 쌍문동에 사시는 감성 씨의 신청곡, 이문세의 〈빗속에서〉입니다."

눈 오는 날 그리운 사람의 발자국 소리를 기다리는 마음처럼 뒤척이는 소리 또렷하게 들리는데….

이젠 들을 수 없는, 이젠 만질 수 없는 '위안', '함께'라는 내 하루의 민낯. 그 목소리, 그 선율, 그 기억의 조각들, 그 기억의 목소리, 그 추억의 목소리, 그 벙어리장갑처럼 따뜻한 목소리. 학창 시절의 인생 연습장….

일상이란 건 겨울비가 오거나, 마음속에 비가 오거나, 함박눈이 오거나, 그리움 속에 눈이 오거나 그러거나 말거나, 헛헛한 마음일 때, 더더욱 그 시간이 밤일 때, 그래서 심장이 반쯤 접힐 때…. 이젠 코팅된 책받침 속 환상적인 왕조현도 심장의 모서리에 간당간당 매달려 기억 속에나 존재하니! 과감히 노브라에 가슴골까지 늘어진 헐렁한 러닝셔츠를 걸치고 부엌으로 걸어가는 80년 익은 엄니가 잠 못 이루는 밤을 달뜨게 하는!

"흐르는 눈물 누가… 오가는 저 많은 사람들 누가 내 곁에…."

가끔, 라디오 속 세상을 꿈꾸곤 한다. 눈에만 안 보일 뿐 상상 속에 엄연히 존재하는 세상 말이다. 우리가 사는 세상도 마찬가지 아닐까. 지금 이 순간이 눈에만 보일 뿐 한 치 앞도 알 수 없지 않은가. 하지만 라디오 속 세상에서는 글을 쓴 작가의 생각에 맞춰 성우가 말하면 모든 게 결정되지 않는가. 어머니, 사랑했던 연인, 친구, 위인, 역사적 인물, 단군 등 모든 과거 속의 존재들이 환생하고, 그들의 목소리도 들을 수 있다. 파도소리가 나면 바다, 비행기 소리가 나면 공항, 총소리가 나면 전쟁터, 온갖 동물 소리가 나면 아프리카 대평원, 우주선 소리가 나면 달나라 등 모든 시공간의 이동이 자유롭다. 그것도 1초 만에! 심지어 죽고 살고, 웃고 울고, 모든 것이 글의 내용에 충실한 성우의 한 마디에 이루어지니 말이다. 비록 상상의 세계이지만 생각만 해도 즐겁다. 오늘은 감수성 깊은 고등학교 시절과 정신없이 보낸 직장 시절을 소환해 본다. 남에게 피해도 끼치지 않는 상상 속 세상, 나의 뇌 속의 세상은 내 삶의 활력소가 되기도 하니까.

들리나요? 듣고 있나요?
보이나요? 보고 있나요?

웃기고 슬픈 영화관! 우리의 일상!

아무튼, 품절된 하루가 또 지나간다.
"아무 생각 없이, 그대로!"

9.
밥은 마음을 만들고
배고픔은 길을 만든다

온갖 행복과 걱정, 두려움과 망설임도

모두 내 마음에서 나오고

8만 4천 온갖 바라밀(생각에서 지혜로 가는 길)도

모두 내 마음에서 생겨난다.

긴 아침잠을 자고 방에서 나왔다. 몇 날 며칠 동안 잠을 설친 탓이다. 3개월 넘게, 아니 올해 들어 내 핸드폰은 수신도 발신도 안 되는 어린아이들 장난감 핸드폰보다도 못한 허울 좋은 빈껍데기에 불과했다. 하지만 요새 들어 전화가 오고 메시지가 오기 시작했다. 전화를 한 이유도 무언가를 부탁하는 일이거나, 뻔히 내가 처한 상황을 알고도 어제 통화한 것처럼 아무 일 없었다는 듯, 모른다는 듯 너무나 자연스럽게, 너무나 공허한 음성으로 내 앞으로의 행보를 간보는 내용이 전부였으니 내가 득도한 스님도, 신심이 두터운 성직자도 아니니 '그래, 내 복이다. 그래, 네 복이다' 하며 탄식할 수밖에.

"나를 보이지 말라!"

이 말에는 본인이 처한 상황에 따라 달리 느끼고 해석할 수 있겠다 싶다. 도둑에게는 몸, 도박꾼에게는 눈빛, 사기꾼에게는 탐욕, 사업가에게는 공정함이라는 가면을 쓴 이익, 수험생과 취업 준비생, 40대 이후 중년에게는 막연한 불안과 두려움이겠지만 나 같은 평범한 사람에게는 상대방에 대한 염려와 염치가 담긴 마음, 즉 배려가 담긴 행동이 우선일 것이다.

여하튼 입맛이 없었다. 요샌 걱정거리가 있어도 웃고, 천둥 번개가 쳐도 웃었거늘 단돈 10원어치도 가치 없는 전화통화로 인해 그간의 마음공부가 공염불이 된 거 같아 기분이 씁쓸했다. 정성을 담은 밥과 국, 열 가지 반찬, 한 치의 오차도 없이 정갈하게 차려진 밥상을 보아도 말이다.

저녁 무렵, 오랜만에 문밖 세상도 구경하고, 입맛도 살리고, 기분 전환도 할 겸 외출을 했다. 말이 외출이지 동네 한 바퀴 도는 것이 전부일 테지만…. 오랜만에 아파트 단지를 벗어나 걸으니 딴 세상에 온 듯했다. 찐 옥수수를 팔던 리어카가 있던 자리엔 끝물 여름옷을 파는 트럭이 떡 하니 자리 잡고 있었다. 테이크아웃 치킨집이었던 곳은 반찬가게로 변신해 있었다. 배가 고팠다. 무엇을 먹을까? 당연히 금지된 음식이 당겼다.

400미터 걸어 자장면 가게는 매주 첫째, 셋째 주 목요일 정기휴무. 다시 500미터 걸어 쫄면집은 8월 22일~25일 여름휴가. 가는 날이 장날? 학창 시절 간만에 동네 목욕탕에 가면 꼭 수요일이었던 불안한 기억이 몰려들었다. 그렇다면 최후의 보루인 라볶이집으로 단 1초의 망설임도 없이 발걸음을 옮겼다. 불이 켜져 있었지만 주인도 손님도 없었다. 기다렸다. 5분, 10분… 배가 등짝에 붙을 정도로 배고픔의 긴 여정이었기에 참고 또 참았다. 20분 뒤에 모습을 드러낸 주인의 표정이 매우 밝았다. 그리고 나를 보더니 금세 미안한 표정으로 한마디했다.

"배가 아파 화장실에 다녀오느라 자리를 오래 비웠네요. 죄송합니다."

오히려 내가 죄송했다. 손님이 와서 꾹꾹 참았을 고통 끝에 온 주인의 편안한 마음을 방해한 것 같아서였다. 역시 금지된 것들은 큰 기쁨을 주었다. 라볶이를 먹고 나니 바닥까지 떨어졌던 기분이 한결 나아졌다. 그러나 기쁨도 잠시 큰 고통이 밀려들었다. 몇 달 동안 못 먹고 안 먹던 음식을 꾸역꾸역 쑤셔 넣다 보니 배에서 탈이 난 모양이었다. 집으로 가는 길이 천 리 만 리 같았다. 현관문을 열자마자 화장실로 갔다. 허무했다. 다시 배가 등짝에 붙어 있었다. 세 평 반 부엌 식탁에 차려진 음식이 보였다. 엄니의 밥상 차리는 모습이 떠올랐다. 미안한 마음뿐. 밥 한 숟가락을 떴다. 입속에 넣었다 빼니 밥 한 톨이 미처 목구멍으로 넘어가지 못하고 숟가락에 남아 있었다. 그 모습이란!

'밥 한 톨에 담긴 마음이 전 우주보다 크고 넓구나!'

식사를 마친 후 잠시 의자에 앉아 오늘 일과 요새 내 마음에 대해 생각해 보았다. 사람에 따라 비슷한 상황에서 각자 다른 생각, 그것을 표현하는 방법이 다르겠구나 싶었다. 라볶이집과 나의 사례를 보면 확연하게 드러나지만 한 가지 공통점은 상대방에 대한 '염려'와 나 자신에 대한 '염치'라는 것. 그러니까,

사람들아, 내 간보지 마라
짠 음식 못 먹어 싱겁다
사람들아, 내 목에 빨대 꽂지 마라
더 이상 꽂을 데도 없다
사람들아, 내 등에 칼 꽂을 생각 마라
몸무게 빠져 뼈다귀에 튕겨 나간다
사람들아 내게 묻지 마라
내 갈 길도 멀다
마지막으로 모두 마음 안에 있다
행복도, 불행도, 기쁨도, 걱정도, 두려움도, 망설임도 그리고 염치도.

키 큰 나무 밑 의자로 산책 가는 길. 달처럼 떠오르는 생각 한 조각.

스스로 마음을 짓는다
그것이 중생이다
스스로 마음을 비운다
그것이 부처다

고로 나는 중생이다

지금, 여기!

나는 어느 길을 가고 있는가?

아무튼, 품절된 하루가 또 지나간다.

"한 나무 아래 사흘을 머물지 않듯이!"

10.
대추나무
아래에서
문득 드는 생각

베란다 의자에 앉아 창밖을 본다. 나뭇잎이 붉게 물들어 있다. 하루에 수십 번 같은 장소의 나무와 산을 바라보며 담배를 피웠는데 사람의 무심함이 이런 걸까? 나무에 매달려 움직이지 않고 하루 종일 잠만 자는 코알라처럼 난 무얼 하며 일주일 동안 집에 콕 박혀 있었을까? 한심하기 짝이 없었다. 운동복으로 갈아입고 동네 산책을 나갔다. 한 시인의 시구절처럼 초록이 지쳐 단풍이 붉게 물들어 있었고, 세 계절을 살아낸 은행이 곱게 익어 있었다. 이런저런 생각을 하며 걷다 보니 20년 전 우리 가족이 살았던 단독주택 앞에 이르렀다. 대추나무가 눈에 들어왔다. 예전처럼 사람의 키에 맞춰 등이 휜 나뭇가지에 대추알이 수줍은 듯 붉은 얼굴을 내밀고 있었다. 한참을 대추나무 아래 앉아 있었다. 대추를 따던 그날이 떠올랐다.

일요일 아침, 늦잠을 자고 있었는데 그녀가 방에 들어오더니 잠을 깨웠다. 어제 술을 마신 터라 머리끝까지 이불을 덮고 버텨 보았으나 헛된 짓이었다. 나는 도축장으로 끌려 가는 소처럼 질질 끌리다시피 마당으로 나왔다. 그녀가 바구니를 들고 왔다. 한마디로 대추를 따자는 것이었다. 매일 새벽에 나가 밤늦게 들어오다 보니 마당에 있는 대추나무에 붉은 열매가 가득한 걸 알 리가 만무했다. 먼저 지붕에 올라가 대추를 땄다. 금세 바구니에 대추가 가득 채워졌다. 그리고 그녀의 키에 맞춰 휜 나뭇가지에 매달렸다. "톡, 톡!" 대추가 잘 떨어지지 않았다. 그 모습을 보고 있던 그녀가 못마땅한 표정을 지으며 본인이 직접 따 보겠다고 나섰다. 심호흡을 한 후 그녀가 나무에 매달렸다. 순간 "쩍!"하는 소리를 내며 나뭇가지가 갈라졌다.

"너 몸무게 몇 킬로 나가는겨?"

"75킬로그램."

"난 58킬로그램밖에 안 나가는디 왜 나뭇가지가 부러진댜."

그녀의 양볼이 어느새 대추처럼 붉게 물들어 있었다.

잠시 난감한 표정을 지으며 부러진 나뭇가지를 보고 있던 그녀가 의기양양하게 한마디했다.

"한 방에 다 땄응께 됐구만."

내가 매달렸을 땐 멀쩡했던 나뭇가지가 왜 그녀가 매달렸을 때는 한 번에 꺾였을까? 어느덧 세월이 흘러 그녀의 나이가 된 나, 이제 조금 그 이유를 알 것 같았다. 몸무게는 내가 훨씬 많이 나갔지만 그리 순탄하지 않았던 그녀의 삶, 그녀의 등에 짊어진 삶의 무게가 얼마나 되었을까? 아마 그녀의 마음속도 저 대추나무 열매처럼 붉게 탔을 것이다.

집으로 돌아오면서 문득! 평생 제자리에서 계절의 변화에 맞춰 싹을 틔우고, 붉은 열매를 맺고, 그 무게에 맞춰 열매를 떨구는 대추나무처럼 사람의 삶도 마찬가지가 아닐까라는 생각이 들었다.

내 등에 짊어진 삶의 무게는 얼마쯤일까?

아무튼, 품절된 하루가 또 지나간다.
"붉게 탄 속마음처럼!"

11.
스케치 없는
풍경화처럼!

간밤에 잠을 못 이루어 아침운동 후 잠깐 눈을 붙인다는 게 꿈까지 꾸었다. 집 안은 조용했다. 여름바람 소리에 잠을 깰 정도로 말이다. 잠시 멍하니 천장을 바라보며 좀 전에 꾼 꿈을 되돌려 보았다. "무지개 동산에서 놀고 있을 때 이리저리 나를 찾는…." 동요의 한 구절같은 꿈이 눈앞의 현실 같았다.

'여자는 어디에 간 것일까?'

시간은 철길을 달려 오후 3시 역에 멈추어 있었다. 며칠 간의 태풍 오기 전의 적막처럼 말이다. 물 한 컵을 마시고 눌러 있기 좋은 방으로 가는데 식탁에 음식 그릇과 쪽지 한 장이 놓여 있었다.

"냉장고 노란 냄비에 김치국 대여 먹어라."

한참 동안 쪽지를 보았다. 말할 수 없는 마음이랄까. 그리고 한참 동안 웃었다. 저 짧은 문장에 오타라니…. 그래도 이런들 저런들 어떠하리! 새소리 고맙다. 바람소리 고맙다. 밥 한 톨 고맙다. 물 한 잔 고맙다. 안부 전화 고맙다. 택배기사 초인종 소리 고맙다. 오는 사람 고맙다. 가는 사람 고맙다. 미처 피지 못한 꽃에 드러난 마음 이해해 주는 사람 고맙다.

속으로 속으로 가득 채워져 견딜 수 없을 때까지
꼭꼭 감춘 제 속을 보여주지 않네
마침내 피면 감춰 두었던 향기로운 마음을 전하는
꽃봉오리처럼
그 마음 더할 나위 없네.

여자는 어디에 간 것일까?
'여자의 숨 쉴 틈!'

아무튼, 품절된 하루가 또 지나간다.
"어서 말을 해!"

거창하지도 대단하지도 않은 작은 것. 내가 너무 사소한 것이라 여겨 지나친 것.
입가에 나도 모르게 미소가 지어진다면 그게 행복일지 모른다. 그게 사는 맛인지도 모른다. 언제나 늘 우리 곁에 있는 것!

12.
공자도
맹자도
신의 뜻대로!

주말 낮. 거실 형광등 스위치를 켠다. 바닥에 앉는다. 소파 옆면에 기댄다. 엄지발가락을 만진다. 손가락을 콧구멍에 댄다. 고개를 가로젓는다. 머리를 두 번 긁는다. 왼쪽 발로 핸드폰을 툭툭 찬다. 날숨을 쉰다. 소설책을 펼친다. 『노인과 바다』. 안개가 낀다. 눈을 감는다.

동화책을 읽어 주던 엄마의 목소리와 체온이 그리울 때
침대에 누워 있다가 벌떡 일어나 혼잣말로
"심심해 죽겠네!"라고 중얼거릴 때
눈앞의 현실이 진중하고 차분한 태도로 일상 속 균열을 파고들 때
가슴속 가장 깊은 곳에 숨겨둔 비밀이 불쑥 기어 나오려고 할 때
말할 수 없는 마음일 때
왠지 나만의 크라잉 룸이 필요할 때!

'꺼벙이와 꺼실이, 독고탁, 악동이, 캔디, 이라이자, 영심이, 하니, 나애리, 아기 곰 푸, 둘리, 희동이, 인어공주, 신데렐라를 만나 볼까?'

눈을 뜬다. 냉장고 문을 연다. 바닥에 앉는다. 소파 옆면에 기댄다. 오른쪽 발로 핸드폰을 툭 밀친다. 빨대를 꽂는다. 딸기우유를 마신다. 동화책을 펼친다.『누가 내 머리에 똥 쌌어?』. 입이 열린다.

『노인과 바다』가 '노안'과 바다로 보이고『누가 내 머리에 똥 쌌어?』가 쑥쑥 읽히고 결말이 궁금할 때, "자연스러운 일이다!"

끝물 40대, 나는 오늘 그냥 그대 그리운 '피터 래빗'이 되기로 했다. 푸힛!

아무튼, 품절된 하루가 또 지나간다.
"누구라도 그러하듯이!"

13.
동네
백수마마 납시오

주말 아침, 지인에게서 전화가 왔다. 날도 좋은데 서울 근방에 바람 쐬러 가자고. 그것도 인천 차이나타운이었다. 순간 자장면이 확 땡겼지만 정중히 거절했다. 왜? 사람 북적대는 곳에 가기 싫으니까. 그래서 나를, 나만의 일상으로 초대했다. 솔직히 아무것도 하기 싫었고, 더더욱 혼자 밥을 차려 먹기가 귀찮았다. 하지만 꼭 그 이유만은 아니었다. 나 자신에게도 한 달에 최소 두 번 정도는 작은 기쁨과 선물을 주어야 하니까. 오랜 기간 직장 생활을 하면서 나를 위한 선물을 사 본 적 없었고, 맛있는 음식을 사 먹는 데 돈을 쓴 적도 없었다. 기껏해야 버거킹 치즈와퍼 두 개, 아니면 삼선볶음밥 정도였으니 더 말해 무엇하랴.

외출을 했다. 오랜만이었다. 집앞에서 마을버스를 타고 지하철역에 내렸다. 열차를 기다리는데 지하철 안전문에 비친 내 모습을 보고 깜짝 놀랐다. 조카들에게서 용도 폐기된 후드 티에 매형이 입다가 준 파카 그리고 추리닝 바지를 입은 한 아저씨가 서 있었다. 익숙함이 낯은 대참사였다. 열흘 넘게 동네 안에서만 생활하다 보니 무심코 동네 마실 복장으로 나오고 만 것이다. 피식 웃음이 나왔다.

정해진 목적지는 없었다. 있을 리도 없고 없더라도 만들면 되는 동네 백수 늙은 아이니까. 성신여대입구를 지나자 배가 고팠다. 무작정 혜화역에서 내렸다. 1년 만에 참 많이도 변해 있었다. 식당이 있던 자리에 카페가 들어섰고, 주차장이었던 곳엔 빌딩이 떡 하니 들어서 있었다. 중국집에 갈까? 아니다. 후배의 호의도 거절했으니까. 햄버거를 먹을까? 침이 고였지만 오늘은 나만을 위한 만찬의 날이 아닌가. 동네를 한 바퀴 돌았다. 그때 한 건물 2층 구석의 간판이 눈에 후욱 들어왔다. 한마디로 금상첨화가 따로 없었다. '경성 함바그.' 함박스테이크 집이었다. 돈가스 음식점이나 스테이크 음식점은 많이 봤지만 함박스테이크 음식점은 몇 십 년 만에 처음 보았다. 또한 음식점 이름도 ○○다방처럼 얼마나 엘레강스하면서 예스러운가. 내 추리닝 차림에도 말이다.

착각은 자유였다. 재수 없는 놈은 곰을 잡아도 웅담이 없다더니 딱 그 짝이었다. 1930년대를 연상케 하는 엔티크한 인테리어, 거기에 수많은 연인들, 한마디로 모던 걸과 모던 보이들이 우아하게 식사를 하고 있었다. 혼자 온 사람도 나 하나, 추리닝 차림도 나 하나뿐이었다. 식은땀이 등짝을 타고 흘러내렸지만 내가 누군가, 임기응변으로 오랜 시간 직장에서 버틴 역전의 용사가 아니던가! 방법은 하나였다. 이 동네 백수 아저씨 코스프레. 그리고 백수 아저씨다운 말투로 음식점 사

상님께 안부인사를 하듯 말했다.

"어이구~ 사장님, 음식점이 이 동네에서 제일 잘되는 것 같아요. 돈을 빗자루로 쓸어담으시겠어요."

음식점 사장은 멍한 표정으로 나를 보더니 이내 웃었다.

메뉴가 다양했다. 치즈를 넣은 것부터 이름도 낯선 퓨전 함박스테이크까지 젊은 연인들을 타깃 층으로 하다 보니 도무지 뭐가 뭔지 알 수 없었다. 그렇다면 방법은 하나. 가장 단순한 음식 이름, 일명 원조 음식과 비슷한 음식을 고르는 수밖에. 역시나 '가정식 함바그'가 있었다. 그것도 가격이 다른 함바그보다 3천 원이나 저렴했다. 당당하게 말했다.

"역시 이 집은 원조 음식이 최고지요? 가정식 함바그 주세요."

함바그에 달걀프라이가 올려 있었다. 삶은 감자, 삶은 당근. 그런데 브로콜리와 숙주나물은 뭔가? 그때 브로콜리가 있었을까, 양배추는 몰라도. 그리고 그때도 숙주나물을 함께 줬다는 생각에 또 웃음이 피식 나왔다. 깨 뿌린 밥 한 공기, 채소 샐러드, 김치, 직접 만든 피클 그리고 희한하게 귤 세 조각. 제대로였다. 젊은 연인들 속에서 시선을 의식하지 않은 채 엘레강스하게, 루즈하게 맛있게 먹고 나왔다. 한 가지, 후식으로 커피를 달라고 했다가 돈을 내야 한다는 말을 들은 것 빼고는 말이다.

배가 불렀다. 학림다방에 가서 비엔나커피 한 잔 마시고 싶었지만 날씨가 참 좋았다. 목적지 없이 걸었다. 혜화동 로터리를 지나 어느

211

새 경신고등학교 고개를 넘어 한 골목으로 들어섰다. 역시 무의식 속의 익숙함이랄까. 성북동 길상사로 가는 길이었다. 길상사의 일주문을 들어서는 순간 한 무리의 무서운 존재들이 참호 속에서 적군을 기다리듯 나무 밑 의자마다 앉아 있었다. 바로 아줌마 부대였다. 역시나 혼자 온 사람은 나뿐이었다. 난감했지만 다시 코스프레를 하는 수밖에. 스킨헤드 헤어스타일이 이렇게 고마운 건 처음이었다. 아줌마 부대 옆 의자에 양반다리로 앉아 모자를 벗고 눈을 감은 채 중얼거렸다. 마치 이 절의 스님이 염불을 외듯이 말이다. 그러자 양 옆자리의 아줌마 부대 대원들이 방해라도 될까 봐 슬그머니 자리를 비켜 주었다. 속인인지, 스님인지, 동네 미친 사람으로 생각할지 알 수는 없었지만 무슨 상관일까. 눈을 뜨고 잎을 떨군 나무의 속살을 바라보았다. 다시 눈을 감고 겨울바람의 노래를 들었다. 저절로 입가에 미소가 지어졌다.

'어딜 가나 그곳 코스프레. 남의 시선을 의식하지 않으면 인생이 즐겁네. 당당한 동네 백수 늙은 아이의 생존법이라네…'

동네 지하철역에 내렸다. 마을버스를 타지 않고 걸어가기로 마음먹었다. 동네 교보문고에 들러 신간 한 권을 샀다. 바로 옆 알라딘 중고 서점에 들러 책 두 권을 샀다. 흐뭇했다. 열흘간의 스승과 친구인 책을 샀으니까. 언제 적 ○○○ 우동인가. 추억 한 그릇 먹고 나왔다. 사람 잡는 냄새 중 하나가 발길을 잡아끌었다. 자장면, 갓 구운 빵, 달고나 그리고 호두과자 굽는 냄새. 뜨끈한 호두과자 한 봉지를 사서 먹으며 집으로 향했다. 재래시장이 보였다. 채소가게 아저씨의 골동품 손등을 보고, 생선 가게 아줌마의 긴 하품 속에서 오늘 하루 노동의 온기를 느꼈다. 고소한 냄새가 나는 쪽을 보았다. 꽈배기 두 개와 호떡 두 개를 샀다. 동네 우이천 갈대밭을 걸었다. 갈대가 누운 자리가 보였다. 딱 사람 두 명 누울 정도의 공간. 피식 웃음이 나왔다. 상상의 힘이란! 아파트 입구, 우리 동네 담뱃가게 아줌마는 못생겼다네. 하지만 재밌다네. 열흘 동안 동네에서 일어난 사건을 주전부리 삼아 폭풍 수다를 나누었다. 마지막으로 동네 슈퍼에 들러 12시에 만나요, 둘이서 만나요, 살짝궁 데이트 부라보콘을 산 후 집 앞 나무 밑 의자에 앉아 날름날름 먹으며 생각했다.

'약속 깨질 염려도 없고, 먹고 싶은 것 먹고, 가고 싶은 곳 가고, 상대방 신경 쓸 일 없고, 돈 안 들고, 가진 건 시간뿐이고, 무엇보다 내 체력이 될 때까지만 놀고…. 외로움? 그건 동네 개나 주라고. 몸 아프고, 머리 아프고, 돈 없고, 직업 없고…. 그러니 사치 따윈 느낄 겨를도 없고, 부모님 세대엔 스트레스니 나발이니 그런 단어도 없었고, 먹고 죽을 것도 없었고…. 그러니 외로움을 느끼는 건 먹고살 만하다는 증거고! 여하튼 개인의 취향이니 이런들 어떠리 저런들 어떠리~ 아흐 다롱디리 미타찰 맛보올래. 동네 백수 늙은 아이의 유일한 특권은 남 시선 개의치 않고, 미친 동네 개마냥 싸돌아다녀도 남에게 피해만 안 주면 되고~~~~고고고.'

나도 모르게 긴 웃음이 터졌다.

나만을 위한 소소한 즐거움, '윤슬'을 맛본 주말 낮과 저녁의 경계, 한 시인의 시처럼 모든 경계에 꽃이 폈다. 뒤따라 집에 온 '윤슬'이 내 옆에서 반짝이고 있다.

아무튼, 품절된 하루가 또 지나간다.

"상감마마의 하루처럼!"

14.
너의 목소리가
들려!

비정규 씨가 가장 싫어하는 소리는?

"띵동~~~ 택배요!"

한낮 폭염에 팬티만 입고 소파에 누워 졸고 있었다. 여느 때 택배 기사는 벨도 안 누르거나 시골 뻥튀기 아저씨의 "뻥이요!"처럼 딱 한 번 "택배요!"를 절규하듯 외치며 물건을 현관문 앞에 놔두고 바람과 함께 사라지는데 이번엔 벨을 열 번도 더 눌렀다. 마지못해 반바지만 입고 현관문을 열었다.

내 모습을 본 택배기사가 흠칫 놀라며 "비정규 씨 본인 맞으시 죠?"라고 물어본 후 내 대답도 안 듣고 계단으로 뛰어 내려갔다. 그럴 만도 했다. 한낮에 빡빡이가 삐쩍 마른 몸에 동그란 안경 쓰고 웃통까 지 까고 나왔으니 별일이다 싶었겠다.

인도 '간디'의 모습이랄까? 내가 봐도 별일이다.

여하튼 택배 물건은 생각보다 엄청 무거워 하마터면 떨어뜨릴 뻔 했다. 누가 보냈을까? 난 택배를 발송해 본 적도 인터넷 주문을 해 본 적도 없으니 말이다. 당연히 한동네에 사는 작은누나 아니면 조카가 주문한 물건이거니 했다. 일주일에 서너 번 정도 그 집안 택배를 내가 받으니 말이다.

'제주도 특산물. 받는 이 비정규 씨.'

고개를 갸우뚱하며 총알도 못 뚫을 정도로 완벽하고 촘촘하고, 마치 방탄복처럼 단단한 포장을 커터 칼로 소 한 마리 해체하듯 뜯었다.

민화 두 점!

"하~~~!"

한참 동안 그림을 보며 깊은 숨을 내쉬었다.

보낸 이의 그 마음 그 시간의 향기에 할말을 잃었다.

작가의 편지 한 통.

"밤 껍질 끓여서 염색한 종이 위에 한국화 물감 올리고 노란 콩 7일 동안 물 갈아 주며 불려 즙 짜서 천연 바니쉬로 그린 거야."

'제주도의 특산물이 민화라니.

그래도 네가 있어 세상이 향기롭구나!'

아무튼, 품절된 하루가 또 지나간다.

"맑고 향기롭게!"

15.

첫 경험
누구나 떨려!

학교 앞,

음식점 안을 들여다본다

혼자 먹는 사람이 많다

한 번도 먹어 본 적 없다

이름도 들어 본 적 없다

익숙해진다는 건 편안하다는 것보다

야만스러워진다는 것!

음식점으로 들어간다. 주문을 한다. 오히려 내가 질문을 받는다. 고기는 닭고기요? 쇠고기요? 아님 믹스요? 맵게? 중간 맵게? 순하게? 드시고 가세요? 포장하세요? 대답한다. 하나 하나 무조건 오케이하던 것과는 달리 내 의사 표명을 분명히. 하지만 땅속으로 기어들어가는 듯한 목소리로 말한다. 착한 학생이라도 된 듯!

부리토를 먹는다. 뇌의 주름이 없어지는 맛. 이마의 주름이 펴지는 맛. 오늘의 선택은 살맛! 1시 30분이 가까워지자 음식점 안 학생들이 모두 사라졌다. 조용히 쥐도 새도 없이. 텅 빈 음식점에 남아 혼자 천천히 먹는다. 낯익은 사람이 맞은편 자리에서 나를 보며 브리토를 먹는다. 웃음이 나왔다. 나였다. 음식점 벽이 모두 거울, 거울이었다. 혼자 밥 먹는 사람에 대한 배려일까. 아님 그 사람 안에 웅크린 고독에 대한 반성문일까? 몇 달 전부터 내가 살아온 삶과 조금 다른 삶을 시도하고 있다. 어떻게 보면 나의 변명에서 시작된 행동이라고 볼 수도 있겠다. 직장에 다니면서 바쁘다는 변명 하에 알고 있으면서 외면한 것, 몰라서 못한 것들을 시도해 보는 것이다.

지금 내가 앉아 먹고 있는 음식도 마찬가지다. 처음 접하는 음식 이름, 맛, 특히 학교 앞 학생들만 있는 음식점에서 혼밥을 하는 건 나에겐 익숙함을 넘어선 또 다른 세계에 대한 도전이었다. 며칠 전에는 동네 작은 카페에 갔었다. 평일 낮 동네 작은 카페에 사람이 있을까 하는 안일한 생각으로 잠시 쉬러 들어갔는데 그곳은 한마디로 별천지이자 복합 문화공간임을 느끼고 당황스러워했던 기분이라니….

평소 커피를 안 마시다 보니 나에게 카페라는 곳은 비즈니스와 연결된 사람을 어쩔 수 없이 만나는 장소일 뿐이었다. 유치원생, 초등학생 등 자녀를 학교에 보낸 학부모들이 삼삼오오 모여 있었다. 벽을 마주보고 앉는 자리에 앉아 책을 읽었다. 하지만 10초도 안 되어 나는 옆 테이블 학부모들의 이야기에 빠져들고 말았다. 한마디로 티브이 '밤

샘토론' 프로그램보다 다양한 주제와 심도 깊은 대화들이 오갈 줄이야. 그들은 모두 전문가였다. 심리상담가, 교육 행정가, 가정 문제 전문가, 변호사, 의사, 정치, 영화 평론가…. 귀를 뗄 수가 없었다. 하물며 만담가까지 있었으니 더 말해 무엇할까. 색다른 경험이었다. 아마도 직장 다니던 시절이었으면 동네 아줌마들이 할 일 없이 수다나 떨고 있네, 하며 못마땅한 표정을 지은 채 자리를 옮겼을 것이다. 하지만 나만 몰랐던 세상, 아니 외면했던 세상이 내 주위에 그리 존재했으니….

요즘 나는 새로운 세계로 한 걸음 더 다가간다. 안 해 본 것 해 보기, 안 먹어 본 것 도전하기, 안 가 본 곳 가 보기. 풍경화를 보러 산에 가기. 오케스트라 연주를 들으러 숲속에 가기. 역사를 배우러 고궁과 박물관 가기. 지난 시간을 만나러 옛길 걷기. 사람을 만나러 걷기운동 하기. 카페 구석 자리에 찌그러져 있기, 공부하기, 책 읽기, 학부모들 수다 엿듣기, 꾸벅 졸기. 경로당 앞에서 어르신들의 깊은 웃음소리 듣기. 동네 입구 키 큰 나무 밑 나무의자에 앉아 부라보콘 먹기. 유치원 앞에서 아이들의 맑은 목소리 듣기. 재래시장 사람들의 일하는 모습 보기. 다수의 취향 느껴 보기. 한마디로 무작정 따라해 보기. 고전소설 및 역사 속 인물 만나 보기. 혼자 야간비행하며 별을 보던 생텍쥐페리의 마음 알아 가기….

미리 걱정하지 않기, 아무것도 바라지 않기, 사람 미워하지 않기, 남녀 간의 감정은 접어 두기 그리고 이제 나를 사랑하기…. 한마디로 그냥 보고 느끼기. 삶을 곰곰 뒤돌아보니 사랑하던 사람은 나를 떠나

인생에 시간표는 없다고 사랑과 우정은 평온한 시절의 전리품이라고 뇌 속에서는 누구나 혼자라고 안개 낀 숲에서도
눈을 감는 사람의 마음처럼! 살아 있는 동안은 날마다 축제 같은 나만의 여행을 떠나기로.

갔고, 미워하던 사람은 나중에 친해지고, 그렇게 간절히 원했던 부와 명예, 성공은 이루어지지 않았고, 그렇게 원하지 않았던 온갖 병과 고통은 끊이지를 않고 다가오니 말이다. 한마디로 내 뜻대로 되는 건 많지 않다는 걸 조금 알게 되었다.

진심, 성공, 사랑이란 것, 두려움이란 것은 존재하는 것이 아니라 그렇다고 믿는 내 마음일지도 모른다는 생각이 들었다. 난 10분 뒤, 한 시간 뒤, 내일, 일 년 후, 내 생각과 발길이 어떤 장소와 사건, 사람에게 향할지 궁금하고 설렌다.

음식점을 나오며 벽 유리에 비친 나를 본다.

나는, 당신은, 우리는
지금
가장 예쁘고, 잘생기고, 멋지다
오늘은, 여전히, 젊으니까

나는, 나를 사랑하면서 나를 다시 만들어 간다!

아무튼, 품절된 하루가 또 지나간다.
"첫 경험처럼 설레게!"

221

16.
멍청이가
된 후에
알게 된 것들!

본 그대로 느끼고

느낀 그대로 말하고

말한 그대로 움직이고

말은 뱉어야 맛이고

침묵은 씹어야 맛이고

생각은 묵혀야 맛이고

그림 감상하러 산으로 가고

음악 들으러 숲으로 가고

세월 보러 거울 앞으로 가고

강물은 돌아보면서 흐르고

나무는 돌아보면서 가지를 뻗고

사람은 돌아보면서 떠나고.

'너머'와 '사이', '두려움'과 '행복'이란 건?

그 단어의 무게에 눌려 버린 눈에 보이지 않는 것일 뿐. 뇌의 주름이 없어진 후 조금 알게 된 단순함! 눈은 눈물을 저장하는 우물이 아니다. 아무도 다 큰 소년은 안아 주지 않는다. 사람의 집집마다 켜 있는 불빛, 행복의 밝기? 키 큰 나무 밑 의자에 앉아 한 손에 부라보콘 들고 달을 본다.

아무튼, 품절된 하루가 또 지나간다.
"단순함이 갖는 또 하나의 의미처럼!"

17.
너답게,
나답게

4개월 동안 준비했던 프로젝트가 망가졌다. 한동안 노트북 화면에 박혀 있는 바늘 같은 글자들을 뽑아 내 심장에 꽂아 보았다. 그리고 생각했다. 지난 몇 년 동안 매년 한두 번씩 길에서 계단에서 넘어져 갈비뼈에 몇 번이나 금이 갔었던가? 그 아픔으로 잠도 못 이룬 밤들, 그 한심한 행동으로 인해 자책했던 나날들, 너무 내 자신이 미워 고개 숙여 발등만 내려다보던 순간들. 오죽했으면 한 지인이 나를 '꽈당 법사'라고 불렀을까.

요새는 몸뚱이가 아니라 하는 일마다 '꽈당'이다. 한 가지 이상한 건 '꽈당'했는데도 아픔이 없다는 것이다. 하도 자주 '꽈당'하고 넘어지다 보니 뇌의 주름이 없어졌을까? 곰곰 생각해 보니 이유는 하나였다! 프로젝트를 하는 동안 나는 두려움도, 고통도, 쓸데없는 걱정도 다 잊고 오로지 안 되는 머리로 몰두했으니까?! 생각을 행동으로 옮겼으니까? 최선을 다했으니까!

다시 생각한다

과거와의 약속 깨기

미래와의 약속 없기

남의 시선

남의 인정

신경 *끄*기

남의 칭찬

남의 험담

믿지 말기

나를 신뢰하기!

나를 존중하기!

내게 거짓말을 해 봐?

너에게 나를 보내 줄 테니

또 '꽈당'하고 넘어질지라도!

아무튼, 품절된 하루가 또 지나간다.

"~답게!"

18.
행복은
내 눈에 보일 만큼만
숨어 있는 것

오후 1시 29분.

분석할 수 없었던 것. 볼 수밖에 없었던 것. 빛이 바래 잊히는 것. 뒷모습에 그려진 마음 같은 것. 간신히 보일 만큼만 숨는 것. 기획하고, 시안 잡고, 디자인하고, 교정하고, 모니터링하고, 고민하고, 술 마시고, 울고, 미친 척해도 알 수 없는 것. 영화〈로마의 휴일〉스페인 계단의 두 배우를 떠올리며 그 자리에 앉아도 이제 나와는 아무 상관 없는 것. 하모니카의 직사각형 칸처럼 조화롭기 힘든 것. 이해하지 못했지만 기억에 스민 단편소설 같은 것. 지나가고 돌아올 수 없는 것. 아름다웠지만 쓸데없는 것. 가끔, 꺼내 볼 수 있는 추억이 있다는 것. 에스프레소를 품은 각설탕 두 개가 감칠맛 난다!

오후 2시 5분.

햄버거를 사서 2층으로 올라갔다. 창가에 빈 좌석이 없다. 주위를 둘러본다. 단체석 빼곤 자리가 없다. 단체석에 앉아 입을 쫙 벌리고 빅버거를 한 입 베어 문다. 콜라를 한 모금 마신다. 대학생 한 명이 앞자리에 앉는다. 핸드폰을 보며 햄버거를 먹는다. 커피 한 잔을 든 중년의 남자가 옆자리에 앉는다. 햄버거를 먹으며 주간 경제지를 본다. 마스크를 쓴 20대 중반의 여자가 대각선 자리에 앉는다. 마스크를 내리고 햄버거를 쳐다보며 미소를 짓는다. 정장 차림의 20대 후반 여자가 핫도그를 한 입 먹고, 감자튀김에 케첩을 뿌린다. 3류 영화관에서 동시 상영되는 각자 다른 로맨틱 영화의 주인공들처럼.

오후 3시 21분.

따르릉 따르릉 자전거 소리가 뒤따라온다. 서너 발짝 앞에서 자전거가 선다. 50대 중반의 여자가 자전거에서 내려 전화를 받는다. 양볼이 붉은 홍시처럼 붉다. "언니야, 지금 자전거 타고 언니 집 거의 다왔어. 병이 좀 나아 자전거를 탈 수 있다니 나 너무 행복해. 우이천을 지나오는데 물소리가 바이올린 소리 같아. 집 담벼락에 그려진 둘리 만화를 보며 한참을 웃었어. 남의 것 말고 내 것만 보니까 나 정말 행복해 언니!" 전화를 끊고 자전거 페달을 밟는 여자의 뒷모습을 가을 햇볕이 쫓는다.

오후 4시 27분.

며칠째 서재 수천 권의 책을 뒤진다. 포기하고 소파에 눕는다. 다시 일어나 처음부터 책을 뒤진다. 아끼는 책갈피는 어디 책장과 책장 사이에 숨어 있는 걸까? 잠을 자고, 해가 뜨고, 밤이 되고, 잠을 자고, 해가 뜨고, 아침 운동을 다녀온다. 책장 위에 은색 책갈피가 반짝반짝 빛난다. "내 불경 책에 끼어 있더라. 며칠째 이 책갈피 찾고 있던 거지?" 부엌에서 김치를 담그던 엄마가 등뒤에서 말했다.

잊고 지내던 것들에게서 오는 것! 작은 것에서 발견하는 것! 바세린 발랐던 찢어진 입술로 햄버거를 먹을 수 있는 것! 간신히 보일 만큼만 숨는 것! 그렇게 소리소문 없이 오는 것!

금 나와라 뚝딱?
은 나와라 뚝딱?
느끼지 못했을 뿐
내 주위에 항상 뚝딱!

아무튼, 품절된 하루가 또 지나간다.
"지우려 해도 잊히지 않는 것처럼!"

19.
나에게
외로운 시간은 없다

볕 좋은 창가

앉은뱅이 책상에 앉아

연필을 깎는다

아닌 건, 아닌 거, 아닌감!

100전 100패도 해 봤는데 뭘!

반 죽었다가도 살아 돌아왔는데 뭘!

아직 살아 있는데 뭘!

흔들리던 마음을 지운

저 하얀 마음에 무엇을 쓸까?

연필을 깎는다

나만을 위한 소소한 즐거움. 윤슬을 맛본 주말 낮과 저녁의 경계.
한 시인의 시처럼 모든 경계에 꽃이 폈다. 뒤따라 집에 온 윤슬이 내 옆에서 반짝이고 있다.

사랑방 할머니 동백기름 바른 머리

쪽 틀어 올리는 마음으로.

아무튼, 완벽한 하루가 시작될 것이다.

"아무것도 바랄 것 없이!"

창문을 열자
작은 꽃씨 하나
커피 잔에 내려앉는다
마음 꽃씨 한 모금
내 안에서 꽃을 피워
내 마음에 향기 퍼진다면…

남은 날들의 봄

너에게로 가 책이 되고
너에게로 가 술잔이 되고
너에게로,

참 고마운 마음이다!

4부
소수의 실질적인,
행복의 시간

1.
행복의
민낯

"난, 내 스스로 만든 '나'라는 사이비종교를 믿는다. 어차피 아무도 믿지 않을 테니…. 난 나를 믿는다."

박제된 삶(영원한 축제), 염장된 삶(안전하고 정제된 축제), 날것인 삶(살아 있는 동안은 매순간 축제). 어떤 삶을 선택하는가는 각자의 몫일 테고, '희망'은 언젠가는 깨질 '거울'과 같은 것일지도 모르겠고….

일반적으로 사람들이 느끼는 부, 명예, 권력, 성공, 실패, 사랑, 이별, 행복, 불행에 대한 간절함과 두려움 같은 스트레스가 오히려 요즘 나의 삶에는 '백신'이 되고 있다는 생각이 든다. 그것들은 사람들이 만든 막연한 '생각의 틀' 안에 가둔 허상일지도 모른다는 걸 느끼게 되었으니까. 오히려 그 시간에 실질적인 수백, 수천 년의 삶과 지혜가 담긴 역사책과 고전을 읽는 것이, 사람의 마음이 담긴 손 편지를 받는 것이, 엄니의 마음이 담긴 맛있는 음식을 만나는 것이 실질적인 행복의 소중함을 느끼게 해 주었으니까….

직장에 다니던 시절, 회사 행사 관계로 저자 사인회, 출판 기념회, 협력업체 행사 등 한 달의 반 이상을 스테이크로 식사를 한 적이 있었다. 첫 번째 행사와 두 번째 행사에 참석할 때까지는 값비싼 스테이크를 원 없이 먹을 수 있어 행복했다. 당연히 주위 사람들도 부러워했음은 물론이다. 하지만 세 번째 행사 때부터는 고통이 시작되었다. 한마디로 스테이크가 물린 것이다. 좋은 음식도 한두 번이지 불평을 넘어 걱정까지 하게 되었다. 제발 이번만은 뷔페였음 할 정도로 간절했다. 결과는 스테이크!

다음 날 아침, 늦잠을 잤다. 스테이크가 체해 밤새 뒤척이다가 새벽녘에서야 잠이 들었기 때문이다. 꿈이 생생했다. 배가 고팠다. 세수도 안 하고 냉장고 문 먼저 열었다. 그리고 반찬통 몇 개만 꺼낸 후 식탁에 앉았다. 평상시 같으면 반찬이 온통 풀밭이라고 투정했을 터인데 오늘은 파라다이스로 보였다. 그리고 마지막 반찬통을 열자 거짓말처럼 꿈속의 달과 별과 태양이 동동 떠 있었다. 동치미 한 사발. 피식 웃음이 나왔다. 그래, 속도 차리고 정신도 차리고 순수해져야 할 때. 밥을 꾸역꾸역 넘기고 동치미 국물을 쭉 들이켰다. 체기가 내려가는 듯했다. 행복했다. 저녁 마지막 행사장으로 가면서 다시 한 번 간절히 빌었다. 오~ 신이시여, 가볍고 환상적이고 완벽한 한식 밥상을 저에게 내려 주시옵소서. 나의 하루, 오늘도 무사히! 결론은 T본 스테이크. 그리고 이젠 손도 눈길도, 맛도 안 보는 음식, 바로 스테이크!

행복은 객관적이 아니라 주관적이다

행복은 관념적인 것이 아니라 실질적인 것이다

그래서 난, 느낄 수 있는 나를 그냥 믿는다

빈 주머니에 손을 넣고 '오늘'이라는 민낯의 간을 본다

달의 뒷면이 궁금한 밤

You know how the time flies.

아무튼, 품절된 하루가 또 지나간다.

"소리 없이 스며드는 마음처럼!"

2.
달달하게,
때론
엘레강스하게

"내가 나와의 약속을 지키고, 조화로운 관계를 유지하며 두려움 없이 산다면 내 삶엔 커피향이 가득할 거야!"

가로수 잎 사이로 스며드는 햇살을 마주하며 카페 야외 의자에 앉아 각설탕 세 개 넣은 비엔나커피를 마신다. 어린아이들의 양손을 잡고 한가롭게 걷는 여자. 유모차를 끌며 지나가는 여인의 머릿결을 쫓는 남자. 은행나무 밑 화단에 앉아 여학생의 머리에 살포시 손을 얹는 남학생. 굵은 웨이브 긴 머릿결에 뿔테 안경, 트렌치코트에 머플러, 한 손엔 한눈에 알 수 있는 명품 가방을 들고, 다른 한 손엔 패션의 종지부를 찍는 테이크아웃 커피 잔을 든 여자. 수십 년 전, 책을 읽는 학생이 앉았던 계단에서 슬쩍 키스를 하는 연인들. 나무 밑 벤치에 앉아 옅은 꿈속을 거니는 백발노인. 푸른 하늘의 구름이 아방가르드한 퍼포먼스를 하고, 가로수 잎 사이를 비추는 햇살이 자연 레이저 쇼를 하는 모습을 바라본다. 살아 있다는 게 참 따뜻하게 느껴졌다. 옆 테이블에 앉은 두 여자의 대화에 귀를 기울인다. 나뭇가지 끝에 앉아 있던

새 몇 마리도 대화 내용이 궁금한지 연신 고개 숙여 인사를 하며 의자 주위를 맴돌고, 사람들의 그림자 시선이 겹겹이 쌓인다.

"커피 맛 참 좋다."

오른쪽 의자에 앉은 여자가 말했다.

"에티오피아, 콜롬비아, 과테말라, 탄자니아… 와인의 신맛, 부드러운 신맛, 부드러운 뒷맛, 남성적인 중후한 맛… 순한 향기와 격조 높은 풍미, 과일 향…."

맞은편, 트렌치코트에 머플러를 두른 여자가 말했다.

커피 맛도 모르는 나이지만 대략 단어들을 조합해 보니 커피에 대한 이야기를 나누는 듯했다. 아니, 커피 전문가의 인문학 강의라고 표현하는 게 맞을 정도로 메들리처럼 이어지는 '커피 애찬가'라고나 할까. 여자는 잠시 강의를 멈추고 곧게 뻗은 긴 손으로 커피 잔을 들어 입술에 살포시 얹으며 눈을 반쯤 감았다. 그리고 "음~~~!" 긴 추임새까지. 마치 커피 CF의 한 장면을 보는 듯했다. 문득 지금 상황과 좀 언밸런스한, 회사 다니던 시절의 그날이 떠올랐다.

점심시간이 되자 편집부 여직원들이 우르르 몰려 나가며 점심 메뉴를 정하는 걸 우연히 듣고 한바탕 크게 웃었던 그날. 스파게티, 돈가스, 베트남 쌀국수…. 결론은 어제 한 여직원이 파전에 막걸리 한잔 마신 덕분에 순댓국이었던 그날. 여직원들은 화창한 가을 날씨에 어울리게 모두 교복인 양 트렌치코트에 머플러를 두르고 긴 생머리를 휘

날리며 빠르게 한 곳으로 뛰어갔다. 이유는 순댓국집 따듯한 온돌 방 바닥을 잡기 위해서였다.

점심시간이 끝날 즈음 여직원들이 느리게, 여유 있게, 엘레강스하게 모두 커피 한 잔을 손에 들고 사무실로 들어왔다. 팀장에게 점심식사로 뭘 먹었느냐고 묻자 느끼하게, 루즈한 표정을 지으며 스파게티라고 말했다. 다시 한 번 나도 모르게 웃음이 터져 나왔다. 커피 일곱 잔으로도 커버 안 되는 순댓국 냄새는 나에게서 나는 것일까? 두 시간 정도 지났을까? 탕비실에서 봉다리 커피 한 잔을 타는데 팀장이 들어왔다. 그리고 커피 믹스 두 개를 컵에 넣고 설탕까지 두 스푼 넣은 후 매우 빠르게 한 모금 들이켰다.

"아까 커피 마셨잖아?"

"당 떨어지는 시간엔 달달한 봉다리 커피가 최고예요."

"봉다리 커피도 마셔? 원두커피만 마시지 않아?"

"솔직히 봉다리 커피 맛이 최고예요. 마니아 빼곤 대부분 원두커피는 멋으로 마셔요, 멋. 패션의 끝판, 종지부. 좀 있으면 한두 명씩 봉다리 커피 마시러 나올 거예요.'

"어쩐지 봉다리 커피 마시는 사람은 나와 사장님 남자 둘뿐인데 커피가 팍팍 줄더라니!"

바람이 분다. 노란 은행이 타닥 난타 공연을 한다. 반잔 정도 남은 달달한 비엔나커피를 원샷하고 자리에서 일어선다. 조금 시간이 지나면 절구 같은 사람들의 신발에 밟힌 너무 진한 열매의 향기가 진동할 테니까. 봉다리 커피를 마시든 캔 커피를 마시든 킬리만자로 산록에서 생산되는 뒷맛이 가장 좋은 탄자니아 원두커피를 마시든 무슨 상관일까? 가을 오후, 평온한 공원 모습이 한 잔의 커피 향이 진하게 배인 풍경인 걸! "70퍼센트, 로스팅이 커피 맛을 좌우한다고 할 수 있지…" 엘레강스한 여자의 커피 인문학 강의는 아직 끝나지 않았다. 그리고 내 입가엔 미소가 지어졌다. 그날처럼!

'그래, 난 그냥 커피 맛을 모르고 '단맛'만 아는 남자. 당신은 가을의 맛은 모르고 '커피 맛'만 조금 아는 엘레강스한 여자!'

아무것도 바랄 것 없는 달달한 가을 오후다!

아무튼, 품절된 하루가 또 지나간다.
"달달하게, 아방가르드하게, 엘레강스하게!"

3.
'자기합리화'라는
꽃은
나를 죽인다

끝물 봄날, 간신히 살아서 집으로 돌아오며 다짐했다.
'다시는 외롭다고 생각하지 말자!'

인생에 시간표는 없다고
사랑과 우정은 평온한 시절의 전리품이라고
뇌 속에서는 누구나 혼자라고
안개 낀 숲에서도 눈을 감는 사람의 마음처럼!
살아 있는 동안은 날마다 축제·같은 나만의 여행을 떠나기로.

'조선시대로 가서 다산 정약용을 만나 함께 바다를 보는 거야. 러
시아로 가서 도스토옙스키를 만나 인간의 심성에 대해 이야기를 나
누는 건 어때? 크레타 섬 땅끝에서 그리스인 조르바와 한바탕 욕지
거리하며 포도주나 병나발 불어 볼까? 아니면 빨강머리 앤과 숲속에
서 소소한 대화를 나누는 건? 윤동주 시인을 만나 밤하늘의 수많을
별을 헤아려 보는 것도 참 낭만적일 것 같아? 음~ 이건 꼭 물어봐야

해. 루이제 린저를 만나서 말이야. 당신의 소설『생의 한가운데』는 어쩜 그렇게 수면제와 똑같냐고? 덕분에 고3 시절 잠은 푹 잘 수 있었다고 말이야.'

헤르만 헤세, 로맹가리, 연암 박지원, 보들레르, 헨리 데이비드 소로, 앙리 카르티에, 시슬레, 고흐, 클림트, 겸재 정선, 신윤복, 브람스, 쇼팽, 비제, 존 레논, 스팅… 줄을 서시오! 죽을 때까지 만나도 다 못 만나겠네! 혹, 누군가 이 사람들을 어디서 왜 만나냐고 묻는다면? 나이제는 대답할 수 있네.

"꿈속에서, 책 속에서, 그림 속에서, 사진 속에서, 음악과 노래 속에서…. 죽은 자는 죽어도 거짓말, 배신을 하지 않으니까! 쓸데없는 오해를 만들지 않으니까! 육체는 사라졌지만 맑은 영혼은 살아 있으니까!"

세상의 모든 마음이 포근하게 익어 가고
나무를 품은 달이 '각진 기억'을 비추는 끝물 가을,
당신을 만나러 가기 좋은 날!
오늘은 북유럽의 신을 만나러 여행을 떠나 볼까?
지혜를 묻는다면 신은 반드시 내 편일 테니까!

시간의 힘을 믿는다. 인생은 혼자 걸어가는 길이다. 가족, 친구, 친척, 사랑하는 사람들이 곁에 있어도 그들은 내가 최악의 상황에 빠졌을 때 2차적인 도움을 줄 수 있는 사람들일 뿐이다. 인생은 결국 혼자일 뿐. 그렇다면 나는 어떻게 해야 할까? 최고의 방법은 아닐지라도 최악의 조건에서 최선의 방법을 찾을 수밖에. 우리는 너무 많이 생각하고 아주 사소한 것에까지 의미를 부여한다. 하지만 너무 적게 느끼는 경향이 있다. 실질적인 행복, 실질적인 시간, 그것을 해결하기 위한 실질적인 방법을 너무 모른다.

우리가 살면서 얻는 고통이란 건 어찌 보면 사람과의 관계에서부터 시작된다고 생각한다. 남의 시선, 남과의 관계, 그 속에서 나는 어떻게 존재할 것인가? 결국 우리가 찾은 해답은 생각하고, 또 생각하고 체화되지 못한 방법을 택하게 마련이다. 단적인 예로 자기계발서를 읽는다는 게 일례일 수 있겠다. 하지만 자기계발서란 그 책을 쓴 저자의 자기계발이지 나의 자기계발은 아니다. 살아온 환경, 현재의 위치 등 출발선과 기준선이 다르니까. 특히 신체적 조건은 더더욱 다르니까. 그리고 이 또한 사람과의 관계에서의 자기계발이지 진정 나를 위한 계발이라고 보기는 힘들다.

어찌 보면 내가 말하는 방법도 책이라는 매체를 가지고 나를 알아 가는 것이지만 조금은 다른 면이 있다. 난 자기계발서가 아니라 고전소설과 역사서에서 지식을 구할 뿐 곧이곧대로 받아들이지는 않는다. 또한 책을 읽기 이전에 몇 가지를 먼저 밑바탕에 깔고 고전소설과 역사서를 친구 삼아, 스승 삼아, 지표 삼아 최선의 방법을 찾는다.

시간은 누구에게나 공평하게 흐르고, 지나간 것은 돌아올 수 없고, 돌아올 수 없는 것은 말이 없고, 한결같이 아름다운 것은 고전소설처럼 거짓말을 하지 않으니까. 그대의 미소처럼!

첫 번째, 어릴 때부터 취미인 고궁을 거닌다. 그것도 평일이나 장대비가 오는 날. 한마디로 사람들이 없는 날이다. 일단 사람의 어깨와 부딪히지 않고 사람을 피해 걸을 필요 없이 오직 내가 걷고 싶은 거리와 속도로 멈추고 걸을 수 있으니까.

두 번째, 역사적 사실에 초점을 두는 것이 아니라 그 시대의 사람들의 마음으로 아무도 없는 수백 년 전 그날의 길을 걷는다. 그리고 나를 생각한다. 또한 한 번 간 곳을 여러 번 가서 반복해 걷는다. 그러다 보면 무심히 지나친 건물이 보이고, 처마가 보이고, 굴뚝이 보이고, 마루의 결이 보이고, 아궁이가 보이고, 흙과 나무가 보이고, 그 속의 내 그림자가 보인다. 돌고 또 돈다. 시간이 날 때마다.

세 번째, 휴일에 을지로 공구상가 골목을 걷는다. 세월의 민낯을 고스란히 간직한 곳. 사람 한 명 겨우 지나칠 만한 뒷골목을 걷는다. 사람 한 명 만나지 못할 확률이 높다. 한마디로 사람 많은 곳에서 사람 없는 곳을 걷는 것이다.

마지막으로 책을 읽는다. 10년 전, 100년 전, 500년 전, 1,000년 전 사람들이 쓴 글 말이다. 사람이 사는 건 예나 지금이나 크게 다를 바가 없다. 환경의 변화가 있을 뿐. 그 사람들의 생각과 경험이 오랜 세월 동안 읽히는 데는 다 이유가 있을 테니까. 그리고 겨울 산의 나무를 본다. 제 속을 다 드러낸 겨울 산을 보며 내 속을 들여다본다. 그리고 그 산을 채우는 공기를 마시고 바람의 노래를 듣는다.

사람과의 만남, 끊을 수도 끊어지지도 않는 길. 무언가에 의지하고 믿는 것도 좋다. 하지만 단 한 번만, 마지막으로 단 한 번만 나를 믿고, 나에게 의지해 보는 것도 필요하지 않을까?

우리는 혼자 있는 법을 너무 모른다.
시간의 여행, 나를 찾아가는 나만의 여행!

아무튼, 품절된 하루가 또 지나간다.
"자기합리화라는 최악의 꽃에 물을 주면서!"

4.
가끔,
나에게 애쓰지 않는
하루를 선물한다

잘 자고 일어난 아침. 커피를 마시며 창밖을 보다가 나도 모르게 한마디 툭 튀어나왔습니다. "오늘 하루는 너무 애쓰지 않을 거야." 왜 이런 말이 나왔을까요? 내가 직장인처럼 일에 파묻혀 사는 것도 아닌데 말입니다. 동네 밖을 벗어난 지가 언제인지 가물가물했습니다. 몸 건강이 안 좋다 보니 나도 모르게 집밖 세상에 대한 막연한 두려움이 생겼나 봅니다. 그래서 지인과의 약속도 하지 않았고, 일과 연관된 것들은 대부분 전화 통화로 의견을 조율하거나 결과물은 메일 또는 우편으로 처리하고 있었네요. 그러다 보니 세상과의 관계에 무신경해졌는지도 모르겠습니다. 문득 더 이상 이런 생활을 계속 이어 가다가는 우울증이나 대인기피증이 올지도 모르겠다는 생각에 무작정 옷을 입고 현관문을 열어젖혔습니다. 단, 오늘만은 오직 나를 위한 하루라는 다짐을 하고선 말이지요.

제법 쌀쌀한 공기가 텅 빈 골목 안에 가득했습니다. 머릿속까지 맑아지는 기분이 이런 걸까요? 숨을 들이쉴 때마다 박하사탕을 한 입

오물거렸을 때처럼 두 눈에 한 줄기 빛이 들어왔습니다. 그리고 일상의 풍경들이 조금씩 눈에 들어왔습니다. 아니, 쭉 뻗은 길을 보는데 가슴이 뛰었습니다. 두려움 없는 붉은 단풍나무, 10월의 공기에 물든 세련된 은행잎, 야만스러울 정도로 가을바람에 거친 춤을 추는 감나무 잎사귀 등 무엇 하나 빠짐없이 마음을 설레게 했습니다. 어느 영화제의 화려한 카펫 위를 걷는 영화배우처럼! 그늘에 들어서는 바람은 선풍기 바람처럼 시원했고, 햇볕이 든 곳은 한겨울 난로 옆 의자처럼 따스했습니다. 이 아름다운 풍경이 왜 평상시엔 눈에 들어오지 않았을까요?

동네 입구 키 큰 나무 밑 나무의자에 앉아 부라보콘을 먹었습니다. 몇 개월간의 고통이 바닐라 크림 속에 녹아들었습니다. 왠지 세상에서 가장 맘 편한 동네 아저씨가 된 기분이랄까요. 문득 몇 년 전부터 해마다 한 번씩 꼭 들르던 길상사 입구의 붉게 물든 단풍나무가 생각났습니다. 서울 도심 안에서 마음과 몸이 힘들 때마다 찾던 곳이지요. 그곳은 내게 꼭 집밖 세상에서 엄마의 품처럼 위안 받고 숨어 있기 좋은 나만의 공간이었습니다. 직장인들의 출근 시간도 지난 어정쩡한 시간이어서인지 지하철 안은 한산했습니다. 그나마 몇몇 승객들은 핸드폰 속의 세계로 흠뻑 빠져 있었고, 지하철 바퀴 소리가 잔잔한 교향곡처럼 들렸습니다. 가방에서 책 한 권을 꺼내 읽습니다. 이 평온함, 정말 오랜만입니다. 돈 많은 백수 아저씨의 여유로운 마음이 이런 걸까요? 여하튼 나는 주머니는 텅 비었지만 시간만은 가득한 사람이니까요.

다음 역 출입문이 열렸습니다. 대학생으로 보이는 남녀 커플이 탑승하더군요. 그런데 이상합니다. 앉을자리가 많이 있는데, 커플은 반대편 출입문 쪽으로 가더니 서로 마주보고 서서 이야기를 나눕니다. 키 차이 때문에 여학생은 남학생을 올려다보고, 남학생은 여학생을 내려다보고. 한 가지 공통점이 있다면 두 사람의 두 눈에 누가 봐도 반짝반짝 별이 빛났습니다. 남자의 두 손이 여학생의 얼굴을 감싸자 여학생이 두 눈을 동그랗게 뜨며 입술을 살며시 내밉니다. "쪽." 순간 옆자리에 앉은 중년 여성은 물론 모든 사람들의 시선이 두 커플에게로 흘러 고입니다. 남학생이 여학생의 머리 정수리에 코를 대고 냄새를 맡습니다. 그리고 "쪽." 사람들이 웅성웅성합니다. 심지어 못마땅해 하는 어르신은 내 귀에 또렷이 들릴 정도로 말씀하시더군요. "뭔 짓이래…." 한 정거장, 두 정거장, 아홉 번째 정거장까지 커플의 행동은 반복되었습니다.

지하철이 세상 밖으로 나왔습니다. 한강을 건너갑니다. 햇살이 지하철 안으로 스며듭니다. 소리소문 없이! 남녀 커플이 나란히 서서 한강을 봅니다. 그 뒷모습? 두 사람의 마음이 그려져 있더군요. 지하철이 다시 세상 안으로 들어갑니다. 지하철이 멈추고 출입문이 열립니다. 여학생이 내리고 지하철 출입문이 닫힙니다. 지하철이 움직입니다. 남학생은 조금씩 뒤로 이동하며 손을 흔듭니다. 여학생은 앞으로 뛰어오며 손을 흔듭니다. 영화의 한 장면처럼! 지하철 안에 앉은 사람들의 입에서 이구동성으로 탄식이 터져 나옵니다. 물론, 좋은 내용은 아니겠지요. 저도 약간은 그 마음에 동조했으니까요. 그런데 순간 핸드폰 벨이 울립니다. 남학생이 전화를 받습니다. 그리고 이어지는 한 마디 "보고 싶어 죽겠어." 바로 이어서 핸드폰에 "쪽." 화상 통화였습니다. 지하철 안 사람들에겐 더 이상 눈 뜨고는 못 볼 화상들의 진상이었겠지요. 피식 웃음이 나왔습니다. 저도 모르게 시간여행을 하고 있었나 봅니다. 가슴속 가장 깊이 숨겨 두었던 사랑들이 파노라마처럼 스쳐 지나갔다고 할까요? 여하튼 아무 애를 쓰지 않고 한 편의 아름다운 영화 한 편을 보았네요.

"사랑은 눈에 보이지 않을 때 눈물이 난다는 걸!"

창밖은,
세상 밖은 가을!
갖고 싶다, 그 마음!
문득.

아무튼, 품절된 하루가 또 지나간다.
"피식 그리고 문득처럼!"

5.
맛있지만
몸에 나쁜,
불량식품 생각

　모과를 땄다. 아니 아침 운동을 하러 나갔다가 돌아오는 길에 모과 두 개가 땅에 떨어져 있어 주웠다. 처음엔 꼬릿꼬릿한 냄새와 은행잎 위에 놓여 있어 큰 은행인 줄 알았다. '저렇게 큰 은행이 있을까? 사람 머리에 맞으면 죽겠는걸.' 나의 뇌 주름 없는 생각에 웃음이 절로 나왔다. 주위를 둘러보니 은행나무 사이에 모과나무 한 그루가 숨어 있었다. 욕심이 났다. 발로 나무 밑동을 차 보았지만 끄떡없었다. 오기가 발동했다. 지독한 은행나무 냄새에도 아랑곳하지 않고 발로 차고, 또 차고 그렇게 수십 번을 차자 두 개의 모과가 떨어졌다. 흐뭇한 미소를 지으며 총 네 개의 모과를 바지 주머니와 상의 주머니에 넣고 집으로 돌아왔다. 집 안에 향긋한 모과 향기가 퍼졌다. 다시 욕심이 났다. "한 번 먹어 볼까?" 칼로 반쪽을 자른 후 한 입 베어 물었다. 시큼 떨떠름한 맛이 오히려 은행 냄새가 구수할 정도로 고약했다. 한 번 더 오기가 발동했다. 주워들고 본 건 있어 모과차를 담기로 마음먹었다. 가늘게 채로 써는데 그 단단함이 생밤 껍질을 까는 것보다 힘이 들어 영화 속 익명의 무사가 부러울 따름이었다. 온갖 칼부림 끝에 얻은 자랑스러운 전리품! 하지만 고작 냉면 그릇 하나 정도였으니. 허무했다. 꼴도 보기 싫어 발로 차 방 한구석으로 밀어 두었다.

서재 방바닥에서 뒹굴뒹굴 굴러다니다가 저녁이 되어 방으로 들어가자 향긋한 모과향이 다시 나를 반겼다. 오전의 일을 까먹기에 충분할 정도로 향기로웠다. 아이큐 끝판왕인 붕어처럼 다시 한 가닥 집어 먹는 순간이란? 오전의 기억은 물론 오래전 잊혔던 오만 가지 기억하기 싫은 잡생각이 확 되살아나는 느낌이랄까! 오기를 넘어 분노가 폭발했다. 가방을 메고 동네 마트에 갔다. 그런데 아무리 둘러봐도 1킬로그램짜리 설탕은 없고 3킬로그램짜리 설탕만 있는 것이 아닌가. 점원에게 물어보니 요즘 과일 효소를 많이 담그는 계절이 아니라서 작은 설탕이 다 떨어졌다는 애매모호한 말이 돌아왔는데, '다 떨어졌다'는 말만 내 심장에 팍팍 꽂혔다.

여하튼 돌덩이가 하나씩 포장되어 있었다. 처음엔 초대물 각설탕이 새로 출시된 줄 알았다. '얼마나 안 팔렸으면 설탕가루가 돌덩이처럼 굳었을까' 싶었지만 모과와의 끝장 승부를 봐야 했기에 어쩔 수 없이 가방에 넣고 집으로 향했다. 열 발짝 정도 걸었을까? "쿠궁!" 천둥이 쳤다. 왕방울만 한 빗방울이 머리 위에 한 방울 두 방울 "철퍼덕철퍼덕!" 떨어졌다. 익히 저녁쯤 비가 올 거라는 일기예보를 들어 알고 있었지만 설마 했는데 꼭 이런 날은 귀신같이 잘 맞아떨어지니. 인생 참~ 한숨만 절로 나왔다. 집으로 뛰었다. 운동선수도 아니고 3킬로그램짜리 돌덩이가 든 가방을 연인마냥 가슴에 꼭 안고 말

예쁜 마음으로 보면 모든 날이 축제다. 어떤 추억을 가지고 있느냐.
어떤 마음으로 보느냐에 따라 살아 있는 동안이 매일 지옥이고, 매일이 축제다.

이다. 집에 돌아오니 숨이 턱턱 막혔다. 나는 왜 뛰었을까? 평소 같으면 옷이 젖으면 빨면 된다라는 생각으로 천천히 걸었을 텐데. 고정관념이란 게 이리 무섭다는 걸 오늘 새삼 뼈저리게 느꼈다. 어릴 적 전래동화에서 본 '소금장수 이야기'가 사람 잡을 줄이야.

외모와 향기는 다르구나, 향기와 속마음은 다르구나
지식이 선입견을 부르는구나, 욕심이 화를 부르는구나
결국 인생은 '달고나'처럼 달달하지 않구나
내게 사랑이 겁나게 쓴 것처럼!

가슴에 꼭 품었던 가방에서 설탕을 꺼냈다. 그리고 방바닥에 드러누워 비닐봉지에 너무나 안전하게 포장되어 있는, 모과처럼 울퉁불퉁하게 조각 난 설탕 덩어리를 보는데 '향기는 멀수록 맑다'는 말이 왜 이리 가슴에 와닿는지….

"사람은 역시 '순리'대로 살아야 하는구나!"

하얀 방 천장을 보다가, 문득.

아무튼, 품절된 하루가 또 지나간다.
"순리대로!"

6.
소수의 실질적인,
행복의 시간

무릎이 아팠다. 파스를 붙이려고 했지만 없었다. 그 많던 파스는 어디로 다 사라진 걸까? 하루에 한 장 허리 아니면 무릎에 붙이려고 열흘치를 사다 놓았는데 7일밖에 안 지났는데 나머지 파스의 행방이 묘연했다. 하는 수 없이 냄새는 고약하지만 맨소래담 로션을 발랐다. 그리고 소설 『젊은 베르테르의 슬픔』을 다시 읽으려고 책을 펼치는 순간 엄니가 안방에서 나오더니 소파에 누워 있던 내 무릎을 쓰다듬었다. 몸이 움찔했다. 누군가의 손끝 체온이 내 몸에 닿은 지 너무 오래된 탓일까? 순간 분위기가 묘해졌다.

"왜 내 무릎 만지는데?"

무의식적으로 한마디가 툭 튀어 나갔다.

"무릎이 아파 파스 좀 달라고 나왔는디, 니 무릎은 윤기가 나는 것이 하도 부드러워 보여서 한번 만져 봤어."

엄니는 애써 시선을 다른 데 둔 채 말을 했다.

5초 후 서로 화를 냈다. 서로 이유는 달랐지만 말끝의 의미는 동일했다.

"약 다시 발라야 하잖아? 내가 못살아!"

"워메~ 냄새여, 징해 못살것네!"

화가 나는 것도 순간, 이내 마음이 무거워졌다. '왜 우리는 아픈 곳이 같을까?' 하는 생각에 이르렀기 때문이다. 허리, 무릎, 눈…. 항상 한 명이 먼저 아프면 다음 날 다른 한 사람에게 똑같은 증상이 발생하는 건 일상다반사였다. 때문에 한 명이 아프면 본인 아픔은 물론 다음 사람에 대한 걱정까지 함께 몰려왔다. 난 이 어색한 분위기를 탈피하기 위해 한마디 던질 수밖에 없었다.

"약은 한 명이 몰아서 사 오기. 가위바위보 어때?"

서로 어이없다는 듯 웃음을 터뜨렸다.

옷을 주섬주섬 주워 입고 다리를 절며 동네 약국에 갔다. 약사에게 단호하게 약을 주문했다.

"냄새 안 나는 파스 주세요, 냄새 안 나는 걸로!"

파스를 사 온 후 똑같이 나누었다. 엄니는 잠시 파스를 든 채 내 얼굴을 보더니 안방으로 들어갔다. 무릎에 파스를 붙이며 생각했다. 각자 새벽에 잠 깨는 일이 없기를. 소파에 누워 책을 펼쳤다. 늙은 베르테르의 슬픔!

서로 아픈 곳이 같다고!

서로 아픈 마음을 안다고!

256

생각, 말, 글, 자기합리화라는 무기화된 틀로 우린 너무 사소한 것은 물론
너무 쓸데없는 많은 것들에까지 의미부여를 하며 사는 건 아닌지!

우리!

아무튼, 품절된 하루가 또 지나간다.

"엄마 손은 약손처럼 스르륵!"

7.
이젠 삐걱대기까지 하는
오래된 단편영화처럼

1.

한여름 폭염을 뚫고 시장에 다녀오신 엄니는 선풍기 앞에서 열무 김치를 담그며 가수 배호의 〈누가 울어〉를 부른다. 역사책 속에서 유유히 거닐다 온 늙은 아이는 소파에 누워 사이먼 앤 가펑클의 〈사운드 오브 사일런스〉를 듣는다.

시간이 만드는 자서전 우리, 함께!

'상큼한 열무와 진한 노래가 착착 버무려진 향기로운 저녁 밥상이 차려지겠구나!'

조금 달리 보고, 달리 생각하면 일상의 소소한 한 컷이 행복이거늘. 부족해도 넉넉한 소나기 내리는 한여름 저녁 무렵!

2.

"아야, 학교 강께 아침은 간단히 놀래미 먹고 가라잉?"
엄니가 말했다.
"아침부터 냄새 나게 생선을? 그것도 간단히 먹으라고?"
식탁에 우유와 그래놀라 시리얼이 놓여 있었다.

그렇다! 울 엄니의 특징 하나. 외국어는 본인의 귀에 익숙한 한두 글자로 말한다. 당당하게! 한 치의 오차도 없는 정답인 양 말이다. 예로 훼밀리마트는 훼미리주스로, 현대아이파크는 현대스파크 이런 식이다. 한마디로 옛날 어르신들의 전형적인 케이스랄까.

"아침부터 비릿한 놀래미 생선 한 사발 먹으니 속이 든든하네, 엄니?"

피식 웃으며 말했다.

소통이 안 되는 시대, 마음이 통하고 기본적인 상식과 배려가 있으면 아무 문제가 없거늘. 엄니를 정치판에 입문시켜야 할까? 속 든든히 하고 학교에 간다.

3.

눈을 뜬다. 비가 온다. 커피 한 잔 탄다. 노래를 튼다.

"아야, 노래 판 튄다잉?"

엄니 애간장이 탄다.

"그래, 튀네! 잠깐, 유튜브 노래도 튀나?"

멈춘 생각이 튄다.

무한반복 듣기 〈비처럼 음악처럼〉.

누구나 정해진 궤도를 돈다.

"엄니, 국 탄다!"

마른 동백꽃처럼 속 탄다.

'그래, 부엌으로 튀어!'

4.

발코니에 있는 화분에 처음 보는 꽃이 폈다.

"올겨울엔 솜 터진 곳 조금 메울 수 있것어야."

엄니가 천만다행이라는 표정을 지으며 말했다.

"왜 속 터졌는데?"

내심 뜨끔해 물었다.

"저 정도 꽃 피면 메울 수 있당께."

"뭔데 꽃으로 속 터진 걸 메운다는 거야?"

피식 웃었지만 이 불안감은 뭘까?

그랬다. 이름 모를 꽃의 정체는 목화였다. 서울에서 그것도 아파트 화단에서 국사 교과서에서나 본 문익점의 목화가 피다니! 그런데 내 귀엔 왜 '솜'이 '속'으로 들렸을까? 엄니는 왜? 언제? 목화를 심었을까?

비 맞는 놈이 우산 쓴다더니!

여하튼 오늘 아침, 뜨끔한 마음에 찔끔 속 터졌다.

"아이구~~~ 솜 터져!"

5.

같은 동네에 사는 작은누나 집에 마실을 갔다. 커피 안 마시는 동생에게 굳이 신상 커피를 마셔 보라고, 이제 술도 안 마시니 커피 맛의 새로운 세계를 알려 주겠다고. 커피를 마시는 둥 마는 둥 하는데, 작은누나가 쇼핑백을 건넨다. 스물다섯, 열입곱 살 조카들의 어처구니없는 말도 함께 말이다.

작은누나 딸 스물다섯 살 조카는 "엄마, 이거 작년에 산 건데, 포켓몬스터 그려져 있어 이젠 아동틱해 못 입겠다. 삼촌 줘"라고 하고, 큰누나 딸 열일곱 살 조카는 "엄마, 작년에 산 이 티셔츠 기모가 들어 있어 뚱뚱해 보여 입기 싫다. 삼촌 줘"라고 했다 한다.

얼마 전엔 안 메는 에코백과 미키마우스 그려진 후드 티도 주더니 말이다. 쇼핑백 들고 일어나며 나직이 혼잣말을 했다.

"이것들아, 삼촌이 여자냐? 이모를 주든지, 아니면 너희들 엄마 줘라! 삼촌 낼모레면 반백년 살았다. 너희들은 살 좀 빼고, 으이그."

마지막으로 작은누나가 내 뒤통수에 카운터펀치 한 방을 날렸다. 맥주 한 캔 홀짝홀짝 마시면서 말이다.

"그래도 이거 다 비싼 거다."

거창하지도 대단하지도 않은 작은 것. 내가 너무 사소한 것이라 여겨 지나친 것. 입가에 나도 모르게 미소가 지어진다면 그게 행복일지 모른다. 그게 사는 맛인지도 모른다. 언제나 늘 우리 곁에 있는 것!

아무튼, 품절된 하루가 또 지나간다.
"보이지 않는 사랑의 향기처럼!"

8.
눈물에
젖지 않는 것!

낮잠을 잔다. 마음속에만 살아 있는 아빠하고 꽃밭에서 놀다 무지개다리를 건너려는 순간, 꼬릿한 냄새에 눈을 뜬다. 방문을 열자 폐 속에 슬그머니 눌어붙는다. 부엌 한구석, 쪼그리고 앉아 간장을 달이는 엄니의 뒷모습. 목이 축 늘어진 러닝셔츠만 입은 채 창문 쪽으로 부채질한다. 베란다 문을 연다. 뒷산을 힘겹게 오르던 바람이 지쳐 미끄러진다. 타박, 타박, 타박 땅으로 떨어진 노란 은행 알이 얌체공처럼 튀어 오른다.

"엄니, 집 안에 은행 향기가 구수하네?"

"아야, 징한 냄새 땜시 잠 깼냐잉? 거의 다 됐어야!"

나뭇가지 끝에 걸려 애간장을 태우던 해님의 양볼이 수줍다. 행복은 보일 만큼만 숨는 것. 붉은 가을 모서리, 80년 인생을 달이고 있는 여인.

깊게 익어 간다는 건 젖지 않는 마음을 만난다는 것! 말없이 나를 겸손하게 만드는 것! 수많은 날들 동안 나의 꿈과 좌절, 한숨, 눈물을 말없이 받쳐 주는 베개처럼!

아무튼, 품절된 하루가 또 지나간다.

"마음은 향기를 타고!"

9.
징한 사랑

1979년, 아니 2019년 여름

양말 밖 세상으로 나온 발꼬락

버린다

세상 밖으로 처박는다

발이 시리다

장롱 안 양말 바구니

둥글게 둥글게 한몸인 양

양말 한 켤레 부둥켜안고 있네

발이 달렸나? 손이 달렸나?

꼬매다 꼬매다 새 옷 입었네

눈은 침침, 손가락은 뭉뚝

어디 세상 꼬맬 곳이 한둘일까?

울퉁불퉁, 까끌까끌, 폭신폭신

발가락 오 남매
엄마 품안에 얼굴 비비네
양말 밖은 겨울!

오후가 되니 발이 시렸다. 양말을 신으려고 장롱을 열었다. 양말 바구니에 낯익은 양말 한 켤레. 올여름에 버린 양말이 떡하니 보이는 게 아닌가. 양말을 신어 보니 촉감은 말할 것도 없고 지압 효과까지 있는 신소재 울트라캡숑 양말 뺨치겠다. 그냥 웃었다. 그래도 그 사랑에 대한 의무라는 핑계로 한마디했다.

"엄니, 이 양말 좀 버려. 발바닥 지압되겠어. 지금 1979년이 아니라 2019년이야. 요새 누가 양말 꿰매 신어?"

"기왕 빨아 꼬맸응께 딱 한 번만 더 신어야!"

할 말이 없었다. 눈도 안 보일 텐데, 밝은 데서 꿰매면 한소리 들을까 봐, 분명 내가 잠 든 사이 꿰맸을 터. 사람이든 사랑이든 돈이든 두 눈이든 보이지 않을 때 눈물 나는 게 사람의 삶일 텐데.

내 삶과 생각, 마음이라는 퍼즐에 아직도 안 채워진 조각은 무엇일까? 그 빈자리는 내가 지금껏 살아온 날들의 결과물일 것이다. 이젠 한 칸 한 칸 빈자리를 채워 나갈 용기를 가져 본다. 설령 절망의 시기가 다시 돌아온들 무엇이 걱정일까? 터지고, 찢어지고, 망가져도 눈에 보이지 않게 퍼즐의 빈자리를 채워 줄 엄니의 마음이 있으니….

깊게 익어 간다는 건 젖지 않는 마음을 만난다는 것! 말없이 나를 겸손하게 만드는 것!

"세상에서 가장 따뜻한 품, 징한 사랑!"

아무튼, 품절된 하루가 또 지나간다.
"맑고 깨끗하게 그리고 마음 시리게!"

10.
만복국수

학생은 눈 말똥말똥 까르르 웃고
선생은 눈꺼풀 천근만근 주둥이만 살아
워메 워메 게거품 물고

학생은 선생 뚫어져라 쳐다보고
선생은 강의실 밖 푸른 잔디를 쳐다보고

학생은 수업시간 참 빨리 지나간다고 희희낙락
선생은 10년처럼 길다고 구시렁구시렁

학생은 국숫집에서 소주 마실 테고
선생은 잔치국수 국물 마실 테고.

왠지 오늘 하루는 이상한 단편영화 같은 하루였다. 굳이 제목을 붙이자면 '그 강의실엔 어처구니들이 득실댄다'쯤이랄까? 시대가 참 많이도 변한 것인지 내가 변한 것인지 모르겠다. 학창 시절엔 자장가보다 더 구슬프고 나른하게만 들리던 교수님의 강의를 두 눈에 쌍꺼풀이 지도록 힘주어 들었을 뿐만 아니라 내 기억에 강의하며 조는 교수는 본 적이 없는 걸 보니 내가 변한 것인지도 모르겠다. 어디 강의실 풍경만 그럴까? 학교 축제 기간, 과 전통 주점에서도 술을 팔지 않고, 본인이 직접 사다가 마셔야 하고, 음식도 파전, 빈대떡에서 베트남, 스웨덴, 남미 전통 음식까지 등장하니 한마디로 다국적 평화 주점이라고 부르는 게 맞을 듯하다. 여하튼 강의 후 국수와 김치전에 소주 한 잔을 시키는 학생과 잔치국수 국물만 마시는 선생의 모습이라니. 잠시 창밖을 보며 주객이 바뀐 상황에 입가에 미소가 지어졌다.

소주병에 꽃피던 시절, 징그럽게 그립지만
가끔, 거꾸로 돌아가는 세상도 별미처럼 느껴지는
아무것도 바랄 것 없는 어느 가을.

세상은 변한다. 사람도 변한다. 나도 변하고, 너도 변하고, 사랑하면 사람 변하고, 헤어지면 사람 변하고, 입맛도 변하고, 학교도 변하고, 바이러스도 변하고… 온통 신종이다. 그런데 한 가지 궁금한 건 사랑이 어떻게 변해?

아무튼, 품절된 하루가 또 지나간다.
"세월 가도 모르는 사랑처럼!"

11.
이 또한
자연스러운
일이다

1.

요즘 나를 난감하게 만들지만 가끔 엉뚱하게 '주목 받는 삶'도 입가에 미소를 짓게 만든다. 반 백수, 특히 노총각 반 백수에게 가장 두려운 일은 무엇일까? 가족들의 잔소리, 지인들의 이유 있는 외면, 금전적인 행동의 부자유? 아니다. 바로 호환, 마마, 전쟁보다 더 두려운 '동네 한 바퀴!' 그리고 아리송한 눈빛의 의미!

동네 마트 입구, 일부러 저녁식사 전 시간을 피해 낮에 장보러 갔는데 같은 아파트에 사는 아줌마들을 자꾸 만나네. 오늘은 같은 동 2층, 11층에 사는 연령대 수상한 아줌마들을 만났네. 고개를 갸우뚱하며 의심 가득한 눈빛이 끈질기게 따라 붙네. 울 엄니는 동네에 나를 어떻게 소개한 것일까? 난감하네! 반상회라도 해야 하나?

동네 마트 안, 남자는 나 한 명이네. 오늘은 배달 아저씨마저 안 보이네. 자꾸 40~50대 동네 아줌마들이 쳐다보네. 심지어 캐셔 아줌마는 대놓고 웃기까지 하네. 내가 웃긴 걸까? 안쓰러운 걸까? 난감하

그늘에 들어서는 바람은 선풍기 바람처럼 시원했고, 햇볕이 든 곳은 한겨울 난로 옆 의자처럼 따스했습니다.
이 아름다운 풍경이 왜 평상시엔 눈에 들어오지 않았을까요?

네! 다음엔 동네 아저씨들과 함께 와 우이천에서 단체 미팅이라도 해야 하나?

아파트 경로당 앞 나무의자, 70~80대 할머니들 자꾸 말을 거시네. 장가는 갔는감? 직업이 없는감? 몇 호에 사는감? 난감하네! 입막음하러 콜라텍에라도 모시고 가야 하나?

대학 강의실에서 30여 명 여학생들과 함께해도 끄떡없는데 동네 아줌마들 기가 하늘을 찌를 듯하네, 난감하네! 헤어스타일대로 절에 가야 하나?

'가끔 주목 받는 삶도 정말 눈물나네!'

2.

자연스러운 일이다. 선인장 짐승남, 장미 여인에서 이젠 아재, 아짐으로. 스테이크, 티라미수, 케이크, 파스타에서 이젠 장어, 삼겹살, 칼국수로. 혼자, 둘, 바다에서 이젠 떼거리로 산으로. 네팔, 인도, 티베트, 남미 오지 동적인 모습에서 이젠 유럽 패키지 너무나 설정된 모습으로. 네일 아트 손가락에서 이젠 링거 꽂은 손등으로. 단색 심플 개성에서 이젠 원색 단일화 흔한 명품 깔맞춤으로. 하늘하늘 롱스커트에서 이젠 두 다리 꽉 끼는 짧은 스커트로. 파스텔 톤 메이크업에서 이젠 방송 메이크업으로. 쌍꺼풀에서 이젠 이마, 눈 밑 만리장성으로. 나무 야구 배트에서 이젠 자랑스러운 명품 골프채로. 시력 보정 안경에서 이젠 액션가면 선글라스로. 45도 각도 보정 샷에서 이젠 몇 백만

273

화소 줌 인으로. 음식, 술 사진에서 이젠 꽃, 구름, 노을 사진으로. 사람 사진에서 이젠 반려동물 사진으로. 나, 우리에서 이젠 자녀, 가족 사진으로. 푸른 셀카에서 이젠 불판 앞에서 벌겋게 익은 얼굴 떼샷으로.

다시 자연으로의 귀환일까? 수선화에서 늘푸른나무로. 자연스러운 일이다. 하나로 연결된 링 반지처럼! 페이스북을 보다가 나는 어떤 모습인가? 문득! 웃는다.

#3.

친구 유별남 사진가가 집에 왔다. 네 달 만에 만나 그간의 안부를 주고받는다. 친구가 소파에 누워 잠시 쪽잠을 잔다. 친구가 잠자는 모습을 처음 본다. 마음이 편안했는지, 그간의 쌓인 걱정 때문인지, 난 그 옆에서 숨소리를 바닥까지 끌어내리며 책장을 넘긴다.

지나간 것은 좇을 수 없고
다가올 것은 기약할 수 없다
지금 내 눈앞의 광경만큼 즐겁고 평안한 것이 또 있을까?

부족해도 넉넉함이 깃든 어느 날 오후, 따듯한 마음의 가장 밑바닥을 맛본다.

#4.

택배가 왔다. 또 작은누나와 조카가 우리 집으로 주문한 물건이거니 했다. 내 앞으로 온 물건이라니 별일이었다. 택배 포장을 풀고 보니 더 별일이었다. 20년 전 머리카락을 싹 밀고 난 다음 날 경품으로 헤어드라이기와 대빗이 당첨됐을 때와 같은 느낌이랄까? 난감했다! 지인 동생이 보내 준 전기면도기였다. 지금까지 한 번도 전기면도기를 써 본 적이 없고 기계치인데다 매뉴얼은 일어, 영어, 아랍어인지 꼬불꼬불 난감했다! 머리통에 양보해야 할지, 턱에 양보해야 할지, 매뉴얼을 공부해야 할지….

살아갈수록 난감한 일이 늘어난다. 여하튼 지인 동생의 따듯한 마음이 내 마음에 활짝 핀 봄날 밤. 택배를 받고 난감해 하는 내 표정을 상상하며 웃는 동생의 얼굴이 떠오르는 오늘, 전기면도기와 첫사랑이 시작된다!

5.

낮 1시, 제자 한 놈이 소주 세 병을 사 들고 집에 찾아왔다. 15분 뒤 철학과 제자 한 놈이 소주 한 병에 딸기 한 박스를 사 들고 집에 찾아왔다. 2주 연속 뭔 일인가? 엄니도 외출하셨고 나는 밥하고, 국 끓이고…. 2주 연속 주부가 되었다. 맛있게 술을 마시는 제자들의 모습이 오래전 내 모습을 보는 것 같아 흐뭇했다. 현관 벨이 울렸다. 친한 동생이 된장과 고추장을 택배로 보내 왔다. 사람 만나고, 고추장, 된장 선물 받고 시골 5일장이 따로 없다. 난 주부인지, 행복한 사람인지. 오랜만에 웃는다!

그 나이, 환경을 거부하지 않으련다. 몸 아픈 곳이 한두 군데씩 늘어난다. 일 년 내내 두 눈에 안개가 꼈다. 허리에 도넛이 붙는다. 오줌발이 시냇물이다. 자연스러운 일이다. 50대 몸에 10대 패션의 옷을 입는다고 젊어질까? 자기 자리에 맞는 아름다움, 생각, 행동의 아름다움이 있다. 어느 순간 무의식적으로 나오거나, 부글부글 끓다가 나오는 방귀처럼 우리의 삶도 마찬가지일 테니까. 삶이라는 게 부글부글 끓을 때도 있고, 편안할 때도 있게 마련이고. 환경과 나이, 몸 상태에 따라 다르니 말이다. 냄새가 나는 삶, 그렇지 않은 삶이 되느냐는 나의 몫! 너무 힘주고 살지 않으련다. 방귀가 불쑥… 답을 알고 있기 때문이다. 자연스럽게!

아무튼, 품절된 하루가 또 지나간다.
"몰래 핀 사랑처럼!"

12.
12시에 만나요,
혼자라도 괜찮아요!

　　성숙한 계절 가을 낮 12시, 학교 중앙 광장에 있는 성숙해져 가는 나무 밑 의자에 앉아 '부라보콘'을 먹는다. 계절을 뛰어넘은 뱃속은 얼어붙고, 계절을 잊은 빡빡 밀은 머리에 내려앉은 햇볕에 두 눈꺼풀은 녹아내린다.

한 무리의 유치원생이 지나가며 쳐다본다
한 무리의 아줌마들이 지나가며 쳐다본다
한 무리의 견학생들이 지나가며 쳐다본다
한 무리의 대학생들이 지나가며 쳐다본다
한 무리의 교직원들이 지나가며 쳐다본다
한 무리의 회사원들이 지나가며 쳐다본다
한 무리의 어르신들이 지나가며 쳐다본다.

　　도대체 여기는 어디냐? 유치원이냐, 주부교실이냐, 고등학교냐, 대학교냐, 회사냐, 경로당이냐? 도대체 당신들은 누구냐? 왜 예술학부

건물 진열장에 트로피와 소주병이 함께 진열되어 있냐? 왜 '부라보콘' 먹는 중년남자 처음 보냐? 왜 12시에 만나요 '부라보콘' 둘이서 만나요 '부라보콘' 모르냐? 왜 둘이서가 아니라 살짝궁 혼자 먹고 있으니 이상하냐? 왜 나는 정치인처럼 생떼 부리고 거짓말하지도, 가식적이지도 않은데 왜 이상한 사람인 양 쳐다보냐? 한 무리의 안익태 합주단인지, 학생들인지 여기에 다니는 사람도 잘 모르는 사람들이 지나가며 날 쳐다보다가 걸음을 멈추고 악기를 연주한다. 〈어버이 은혜〉! 이 노래가 낮 12시, 점심 먹을 시간에 이 장소에서 연주할 곡이냐? 도대체 '부라보콘'을 뭘로 보고 이러는 거냐? 정말 고품격 트렌드에 맞춰, 획일화된 시간에 맞춰, 세계화에 맞춰 '월드콘'으로 바꿔야 하는 거냐? 왜 대답이 없는 거냐?

'워메~ 뒷골 땡겨! 소주 땡겨! 눈물 땡겨!' 나를 끝내 이상한 놈으로 만들 참이냐? 그렇다면 번지수를 잘못 찾았다. 난 이제 남의 시선 따윈 신경 안 쓰니까? 눈 감으면 그만이니까? 누구나 꼭 한 번은 눈을 감게 되니까? 난 이제 오만 가지 남의 일에 내 일처럼 열받지 않으니까? 변해 가는 건 변해 가는 대로, 떠나가는 것은 떠나가는 대로, 과거는 과거대로, 지금은 지금대로, 보이지 않는 미래는 미래대로 오든 가든, 하든 말든 그냥 볼 뿐! 본 대로 느낄 뿐이니까! 어쨌든 가끔, 주목 받는 삶도, 순간도 괜찮구나! 그래, 이상한 하루도 살아 있으니 '브라보'다!

아무튼, 품절된 하루가 또 지나간다.
"빌빌 꼬인 스크류바처럼!"

13.
행복은
젖지 않는 마음이
스며드는 것

비가 내린다. 우이천을 따라 40여 분 산책을 한다. 동네 작은 책방에 들른다. 묵은 책 향기가 가슴 속에 스며든다. 숨을 멈춘다. 책 한 권을 산다. 온 길로 다시 발걸음을 옮긴다. 이름 모를 키 작은 들꽃이 눈에 스며든다. '향희'라는 이름을 지어 준다. 물소리가 귀에 스며든다. '숨'이라고 나직하게 불러 본다. 집 앞 처마 밑, 엄마 손을 꼭 잡은 채 하늘을 올려다보는 여자아이를 본다. 빗속에서도 '작은 별'이 빛나는구나!

비가 그친다. 별을 사진에 담는 벗에게서 전화가 온다. 맑은 목소리로 오늘 강원도 '은비령'에 간다고 한다. '향기로운 숨' 이야기를 나눈다. 눈을 감는다. 말없이 제 속마음을 태우는 별빛을 느낀다. 자작나무 가지를 감싸 주는 바람의 노래를 듣는다. 별을 마음에 담고 있을 벗의 표정을 그려 본다. 오늘밤은 자작나무숲 향기에 물들겠구나!

행복은 젖지 않는 마음을 만나는 것

세상의 모든 마음이 포근하게 익어 가고 나무를 품은 달이 각진 기억을 비추는 끝물 가을,
당신을 만나러 가기 좋은 날!

스며드는 것!

아무튼, 품절된 하루가 또 지나간다.

"마음속에 접어 둔 향기처럼!"

14.
나를 비틀어
너를 채운다

"너를 비틀어 나를 채운다?"

NO!

강의를 마치고 나오면 항상 같은 고민에 빠진다. 언제나 답은 갈 팡지팡, 정답이 없으니까. 바로 '오늘은 무엇을 먹을까?' 메뉴 선택 고민이다. 오늘도 어김없었다. 집에서도 혼자 먹는 밥, 밖에서인들 다를까. 직장 생활 내내 업무상, 직책상 혼자 먹는 게 일상다반사였어서 새삼스러울 것도 없다. 하지만 메뉴 선택은 대학에 갈 때 전공 선택만큼이나 고민스러운 건 예나 지금이나 마찬가지다.

일단 집 근처에 가서 고민하기로 했다. 대학교 정문을 나서 지하철역으로 가는데 한 여자가 다가와 말을 걸었다. 별일이다. 하지만 가슴은 두근두근!

"몸에서 좋은 기가 나오시네요!"

'혹시나'에서 '역시나'로 가는 데는 1초도 걸리지 않았다. 역시 재수없는 놈은 곰을 잡아도 웅담이 없다고 하더만!

"몸이 아파 죽겠구만, 개뿔이 좋은 기는요. 설마? 혹시 미륵부처 믿으라는 얘기요?"

"어머, 어떻게 아세요?"

여자는 너무나 반갑다는 표정을 지으며 말했다.

"나, 중이었소!"

"정말요? 지금은 중, 아니 스님이 아니시고요? 그럼 어느 종파?"

여자는 흠칫 놀라는 표정을 지었다. 그리고 점점 표정이 어두워졌다.

"조계종이요! 자~ 그럼 우리 이야기 좀 나눠 볼까요?"

단호한 어투로 여자에게 말했다.

내 말을 듣는 순간 여자가 뒷걸음치더니 갑자기 휙 돌아서 빠른 걸음으로 도망가는 게 아닌가!

"저기요? 이야기 좀 나눕시다. 심도 있게!"

여자는 뒤도 안 돌아보고 나에게서 멀어져 갔다. 웃음이 나왔다. 이것도 경험이라고, 몇 번 이런 일을 겪으니 뻔뻔함이 총알도 못 뚫을 정도가 되었으니 웃음이 나올 수밖에!

지하철 안에서 결심했다. 오늘의 메뉴는 갈비탕! 동네에 갈비탕 집이 한 곳 있다. 드라마 〈응답하라 1988〉에 나오는 그 집. 내 두 눈의 육수를 쏙 뽑았던 드라마 속의 그 집, 감포면옥! 가게 안에 손님이 없었다. 잠시 시계를 보니 오후 2시 40분. 손님이 없는 게 당연한 건지도 모르겠다. 바로 뒤에 한 남자가 따라 들어왔다. 창가에 앉았다. 뒤에 들어온 남자가 하고 많은 자리 중에 내 옆 테이블에 앉았다. 가게 주인은 우리가 동행인 줄 알고 내가 앉은 자리에 컵을 두 개 놓았다. 난 혼자라고 말했다. 그 남자도 혼자라고 말했다. 갈비탕을 주문했다. 옆 남자는 양념왕갈비 3인분을 주문했다. 그리고 난 모자를 벗었다.

갈비탕을 먹는다. 옆 테이블 남자는 갈비를 굽는다. 후루룩, 지글지글. 갈비탕 한 수저를 입에 넣고 고개를 드니 주인장과 종업원의 시선이 우리 쪽에 꽂혀 있다. 그리고 눈이 마주치는 순간 헛기침을 하며 잽싸게 눈길을 돌렸다. 2000년 6월 12일부터 줄곧 겪어 온 일이었다. 웃음이 나왔다. 옆 테이블의 남자도 덩달아 웃었다. 이 느낌? '익숙함'의 동병상련일까? 맛있게 국물 한 방울까지 짜 뱃속을 채웠다. 드라마를 보며 뺏긴 내 두 눈의 육수를 보상 받으려는 듯이!

대한민국 헌법에 머리 깎은 자는 갈비탕 먹으면 안 된다는 조항은 없으니까! 이제 남들의 시선, 의견 따위는 중요하지 않으니까! 밥 한 톨이 우주보다 크고 소중하다는 것을 아니까! 일상적인 것의 허상을 아니까! 그리고 배고프니까!

식사를 마친 후 자리에서 일어나며 옆 남자를 보았다. 잘 드신다. 눈이 마주치자 둘 다 웃었다.

"식사하셨습니까?"
상대방의 안위를 걱정하는 마음을 담은 세상에서 가장 따뜻한 한마디!

"그래, 나 식사하십니다!"

요즘 나를 위한 세상에서 가장 따뜻한 마음가짐!

"나를 비틀어 너를 채운다!"

YES!

11,000원 계산서를 보면서. 문득!

아무튼, 품절된 하루가 또 지나간다.

"거짓말이 참말인 것처럼!"

15.

사람의 실패담이
가장 재미있다

사람들은 나의 실패담을 좋아한다. 책에서든 강의에서든 술자리에서든 일상에서든. 지인들은 제 발등 찍기라며 걱정하지만 그 이야기로 인해 나도 너도 즐거우면 됐지. 그것보다 소중한 게 더 있을까? 오늘 학교 강의도 내 실패담 위주로 했다. 당연히 개그콘서트 녹화장을 방불케 했다. 하지만 학생들의 표정에 왜 웃음과 진지함이 교차하는지.

집에 돌아와 거실 소파에 누워 있는데 문득 책갈피 하나가 떠올랐다. 20년 전 추석 전날, 후배가 전경련에 취재하러 갔다가 선물 받았다며, 쓸데없는 거 줬다고 투덜대며 내게 준 책갈피! 자기는 술 취했어도 사과 한 박스가 무슨 보석상자인 양 행복한 표정을 지으며 어깨에 메고 가던 날의 그 책갈피! 6개월 전 수용소에 가며 잊고 지낸 그 책갈피를 찾기 시작했다. 거실 책장, 서재 책장, 잠자는 방 책장. 한 권 한 권, 한 페이지 한 페이지 넘겨 가며 찾기를 다섯 시간! 한 번 훑고 난 뒤의 후회, 두 번 훑고 난 뒤의 왕짜증과 절망. 그런데 마지막 세 번

째는 실성했는지 실실 웃음만 나오는 게 아닌가. 아이러니하게도 꼭 시트콤 한 장면처럼 마지막 칸 한 책에 '똬악' 숨어 있다니!

그냥 웃었다. 어이없음! 책갈피도 많은데 왜? 소중하니까! 20년 수많은 실패를 할 때마다 내 한 손에 꼭 쥐고 있었으니까. 함께했으니까! 그러고 보니 20년 전 책갈피를 내게 주고 간 후배, 술 취해 어깨에 메고 간 사과는 택시에 두고 내렸다지! 그리고 오늘 다시 찾은 책갈피는 이태리에서 몇 백 년째 대대로 이어지는 은수공예 장인 집안의 순은으로 만든 명품이라지. 카루소!

여하튼 내 손때 묻은, 좌절과 슬픔의 눈물에 절은 책갈피를 찾느라 혼자 온갖 생쇼를 한 오늘밤. 가끔 찌질한 나는 행복하다!

"다시 내 손에 돌아온 사소한 것의 소중함!"

나는 제대로 된 어른이 되고 싶다.

아무튼, 품절된 하루가 또 지나간다.
"돌아오지 않는 해병처럼!"

16.
시간이 쌓은 성은
무너지지 않아

  그림, 음악, 문학, 영화, 연극, 사진, 요리, 학문, 노동, 사업, 정치….
모든 일에는 묵묵히, 소리소문 없이 자기 일에 충실한 분들이 많다. 대
중에게 알려진 분들이나 눈에 보이지 않는 분들이나 똑같다. 물질, 명
예 등 성공했든 못했든 똑같다. 한마디로 '장인'이라 할 수 있겠다. 그
속에 시간, 신념, 고통, 눈물, 후회, 믿음은 누구나 다르지 않으니까. 그
중 가장 중요한 건 기본! 가장 상식적인 것, 누구나 알지만 가장 어려
운 것. 그것이 없으면 100층 건물, 부, 명예, 존경, 심지어 사랑마저도
한순간에 무너지니까.

  낮, 중학 시절부터 친하게 지낸 동생을 만났다. 동생은 지금 남부
럽지 않은 사업을 하고 있지만 예전 어려운 시기에 잠깐 보험 일을 했
었다. 세월이 흘렀지만 애써 시간을 내 지금도 그때 내가 가입한 보험
을 관리해 주고 있다. 오늘 내가 건넨 실손보험 청구서를 꼼꼼히 확인
하고 보험회사에 문의까지 해 지급일까지 확인하는 모습을 보며 많
은 생각이 오고 갔다. 식사를 마치고 커피를 마시며 지나온 시간들에

오만 가지 모든 일을 내 일이라고 생각하지 말고, 오로지 나만 신뢰하고 위로하면 될 것.
최소한 내 자신에게만 실망할 테니까. 타인이 내게 하는 칭찬도, 거짓말도, 뒷담화도 신경 쓰지 말자.

대해 이야기를 나누었다. 문득 중고등학교 시절의 미소가 동생의 얼굴에 그대로 남아 있음을 보았다.

난 집으로 동생은 회사로 가야 했다. 하지만 우린 그 시절 함께 다닌 독서실 앞 긴 플라타너스 길을 걸었다. 사라진 건물들, 새로 생긴 가게들, 독서실 건물 앞에 이르자 세탁소 간판이 보였다. 설마. 낯익은 백발의 노부부가 다림질을 하고 재봉틀을 돌리고 있었다. 그리고 낯익은 자전거 한 대. 변하지 않는다는 것, 살아내고, 살고 있다는 것. 치익~~ 웡~~ 그 소리 그리고 손과 눈빛에 담긴 시간.

성신여대 앞에서 길음역까지 30분. 그 시간에 담긴 우리들의 추억, 시간. 자전거 앞바퀴가 전진할 수 있는 건 뒷바퀴에 대한 무한한 믿음 때문. 장인, 시간, 추억, 우정, 사랑이 변하지 않는 건 그 무게를 가장 밑바닥에서 묵묵히 떠받치고 있는 한 가지 덕분.

딱 두 글자, 신뢰!

아무튼, 품절된 하루가 또 지나간다.
"변하지 않은 플라타너스처럼!"

17.
당당한 동네 백수의
'자유면허'

"늙음, 눈에 보이는 것들은 언젠가는 다 사라질 테니까!"

남들이 직장에 출근해 열심히 일하고 있을 시간에 '속 편한 백수'인 양 동네 개봉관에서 영화를 보았다. 〈터미네이터 : 다크 페이트〉. 〈터미네이터 2〉를 극장에서 보았을 때가 20대 초반인데 어느덧 세월이 흘러 40대 끝물이라니. 세월이 참…!

하지만 내 마음은 영화 〈플래툰〉과 〈백 투 더 퓨처〉를 동시상영하던 동네 3류 극장에 앉아 팝콘을 씹어 먹던 그 시절, 그 기분이랄까? 우리의 삶도 두 편의 영화를 동시상영해 주는 3류 극장 같다면? 이미 폭탄 맞은 한 편의 영화 같은 인생을 교훈 삼아 덤으로 얻은 다른 한 편의 영화에서는 때론 멋지게, 가볍고 환상적이게, 때론 진중한 감성과 이성으로 의미 있게 살 수 있다면! 부질없는, 쓰잘데기 없는 망상 속의 희망이랄까. 사람의 마음이라는 게 참…!

여전히 재밌다. 영화도 인생도. 변한 건 내 허리가 부실해졌을 뿐.

주인공인 아놀드 형과 린다 누나는 어떻게 인생을 살았는지, 총알도 세월도 빗겨 가는구만. 아마도 벽이 아니라 천장에 똥칠할 때까지 무사히 사실 듯하다. 심지어 무협영화에 나오는 '탄지신공'도 가능할 듯!

그러고 보니 사람들은, 오래 살기를 원하지만 나이 먹는 건 싫어하고, 좋은 직장에 취직하고 돈 많이 벌기를 바라지만 그 과정과 노력은 등한시하고, 병에 걸리지 않기를 바라지만 규칙적인 생활과 올바른 식습관은 소홀히 하고, 아마도 사람의 마음이 좋은 결과에만 집착하고 닿아 있기 때문일지도 모르겠다. 인생이라는 게 참…! 인연의 시작이 겨우 사랑의 시작이듯 행동의 시작이 겨우 결과의 시작이듯.

혼자 영화를 보고 나와 2층 햄버거 가게에 앉아, 창밖의 카페 야외 테라스에 앉아, 아메리카노 한 잔에 티라미수를 먹는 연인을 보다가, 유리창에 비친 세월이라는 핵폭탄을 맞은 나를 보다가, 차량 통제를 하고 막걸리를 마시던 젊은 거리를 생각하다가, "난, 괜찮아! 개뿔."

시간과 시간 사이의 민낯을 본다.

아무튼, 품절된 하루가 또 지나간다.
"꾸역꾸역!"

18.
착각은 자유

악취미가 생겼다. 일명 책 '삥 뜯기!', '침묵의 강 건너기!'

저녁 6시, 후배가 우리 동네에 왔다. 술을 마실 수 없으니 밥을 먹을 수밖에. 20년 가까이 만났지만 밥만 먹는 건 처음이라 둘 다 당황했다. 어릴 적 8개월 사귄 여자 친구와도 밥 한 번 먹지 않고 술만 마셨던 나였으니…. 당황해 하는 건 당연한 일일지도 모르겠다. 두리번 두리번 10분 정도 헤매다가 고깃집, 우동집 두 곳을 발견했는데, 서로 결정을 떠넘겼다.

우동집에 앉은 두 남자. 한 사람은 장발이고, 한 사람은 스킨헤드! 큰 키에 삐쩍 마른 두 남자. 주인장도 다른 테이블의 손님도 두 눈이 가재미눈이 되는 건 마찬가지였다. 국물 떡볶이, 돈가스, 어묵 우동을 사이에 두고 무거운 침묵의 강이 흘렀다. 어색했다! 후딱 먹어 치우고 커피숍으로 이동했다. 라떼 두 잔. 시럽 팍팍 넣은 후 다시 침묵의 강이 흘렀다. 서로 안부를 묻고, 지난 추억을 조금 이야기하다가 다시 침묵 그리고 멋쩍은 웃음이 반복됐다. 시간이 흐를수록 침묵의 강은 바

그대의 마음을 그리고 연습한다. 그대에게 하고 싶은 말을. 그대에게로 가는 길은 연습이 필요하다.

다가 되었다. 어색했다.

시계를 보았다. 후배도 시계를 보았다. 그리고 그 행동이 반복되었다. 내가 먼저 말을 건넸다. "피곤하다, 집에 가자!", "네, 그러죠." 빛의 속도로 후배가 대답했다. 자리에서 일어나려는 순간 후배가 책 두 권을 건넸다. 그랬다. 요즘 내 취미에 대한 마지막 결과물! 정말 사 올 거라는 생각은 못했는데, 가슴속에 담아 두었는지!

첫 번째 방법, SNS에서 대화를 주고받다가 삐친 척한다. 그리고 이어지는 협박. 이건 한 달짜리 삐침이야. 책 한 권으로 퉁 치자!
두 번째 방법, 밤늦게 전화해 질문을 던지고 답변도 내가 해 준다. 그리고 이어지는 협박! 상담비로 책 한 권만 받을게!

늙은 형의 장난을 받아 주는 동생들이 고맙다. 이번 방법은 공개했으니 다른 버전을 준비해야겠다. 근데 뭔 책 제목이 다 식물이냐? 한 권은 내가 요구했지만 다른 한 권은 무엇이냐? 그렇지, 요새 내 생활이 동물보다는 식물에 가까우니까! 여하튼 일주일은 행복한 숲으로 여행을 떠날 수 있어 행복하다.

"누군가에게 내가 꼭 필요하다는 착각이 소중하다."

아무튼, 품절된 하루가 또 지나간다.
"정신 줄 놓은 사람처럼!"

295

울어라,
이 가슴이 터지도록

밤은 추억이 있는 사람들의 최고의 행복일까, 최고의 슬픔일까? 10미터 거리에 있는 방에 모든 순간이 추억인 한 여인이 자고 있다. 1분 1초까지. 새벽 2시가 조금 넘었을까. 꿈인지 생시인지 여인의 목소리가 이슬비보다 가늘게 새벽 공기를 타고 내 귀에 스며들었다. 어제 학창 시절의 흔적이 남아 있는 동네 한 바퀴를 돌았기에 몸은 피곤했지만 좀체 잠을 이룰 수 없었다. 방문을 열고 거실로 나갔다. 여인의 방 쪽에서 흐느끼는 소리가 들렸다. 그 방은 저녁 9시만 되면 불이 꺼지고 새벽 5시가 되어야 불이 켜지는 방이었다. 나는 숨소리를 낮추고 여인의 방 앞으로 다가가 방문 틈에 귀를 대었다. 여인이 노래를 부르고 있었다. 한 번도 들어 본 적이 없는 노래였다. 〈0시의 이별〉도 아니고, 〈허공〉도 아니고, 더더욱 〈사랑만은 않겠어요〉도 아니었다. 하지만 한 가지만은 분명했다. 슬픈 노래였다. 너무나! 아린!

"내 가슴에 이 상처를 그 누가 달래 주리. 울어라 열풍아 밤이 새도록."

가슴이 먹먹했다. 새벽에 듣는 여인의 오래된 노래를 들으며 난 명하니 서 있었다.

아침이 되었다. 여인은 새벽에 아무 일도 없었다는 듯이 아침식사 상을 차리고 내 앞에 앉았다. 본인 밥은 차리지도 않고 평소와 달리 벽에 시선을 두고서 말이다. 두 눈동자에 물기가 가득했다.

"왜 새벽에 잠 안 자고 노래 불러?"

"들었냐잉? 자다가 깨 보니 마음도 그렇고 해서야."

"왜 마음도 그러는데? 그리고 그 노래는 누구 노래야? 처음 듣는 노래던데."

"이미자 노래여. 실은 어젯밤에 니 큰이모가 전화해서 대뜸 이 노래 아냐고. 글구 이 노래를 전화에 대고 부르더랑께. 나도 알고는 있었는데, 가사가 끝까지 생각 안 나더라고. 그래서 새벽에 니 큰이모 마음 생각해 보며 불러 봤당께."

"한두 번 부른 게 아니던데. 한 시간 내내 뭐가 그리 슬퍼서."

"근디 도무지 제목 생각이 안 나야. 니 큰이모도 나도. 이제 죽을 날이 얼마 안 남았는지, 기억도 가물가물하고."

"노래 한 구절만 말해 봐. 되도록 가장 가슴이 찡한 부분으로."

"음, 가는 님을 웃음으로 보내는 마음, 울어라 열풍아 밤이 새도록."

마지막 구절이 끝나자 여인의 두 눈에 송아지 눈망울만큼 커다란 눈물이 뚝뚝뚝 떨어졌다.

한 여인의 가장 마음 깊은 곳에 추억을 남기고 일본으로 떠난 남편. 스물두 살에 결혼한 후 열흘 만에 편지 한 장 남기지 않고 소리소 문 없이 일본으로 떠나 6년 뒤에 나타난 사람. 그 마음의 깊이를 알 수 없는 남자. 일본에서 활동하면서도 일본 이름이 없는 애국자. 항상 웃음이 넘치는 반듯한 신사. 굳은 신념을 가진 사나이. 실질적인 삶을 가르쳐 준 스승. 사람에 따라 이분에 대한 감정과 평가는 다를 것이다. 하지만 한 가지는 똑같을 것이다, 삶에 대한 진심!

20대 초반이었을 것이다. 현관문 벨이 울렸다. 우리 가족은 서로 얼굴을 쳐다보았지만 고개를 저을 뿐 아무도 말을 하지 않았다. 현관문을 열자 뜻밖의 인물이 서 있었다. 큰이숙이었다. 어머니는 순간 놀라며 현관문으로 뛰어가 인사를 한 후 큰이숙을 집 안으로 모셨다. 큰이숙이 오신 이유는 하나였다. 술 한잔하기 위함이었다. 그런데 그 술을 마실 대상이 아버지가 아니고 바로 나였다. 그렇지 않아도 아버지는 외출하고 안 계셨는데, 술을 마실 대상이 나였다는 것은 지금도 이유를 명확하게 알지 못한다. 단지 성인이 되었지만 대학시험에 떨어져 방황하는 나를 위로해 주기 위해서가 아닐까 하는 추측만 할 뿐이다.

식탁에 마주 앉았다. 내가 술을 따라 드리려고 했지만 큰이숙은 술병을 가져 가신 후 나에게 먼저 따라 주셨다. 큰이숙은 건배를 외치시며 잔을 부딪친 후 첫잔을 드셨다. 나도 몸을 옆으로 돌려 한 잔 마신 후 잔을 내려놓고 큰이숙을 쳐다보았다. 그런데 큰이숙은 미간을 찌푸리고 계셨다. 무언가 기분이 상하셨는지 나를 쳐다보시더니 한말씀하셨다.

"몸 돌리지 말고 편하게 마셔라. 그리고 술도 한 손으로 받고 한 손으로 따라라, 알았지?"

난 어리둥절했다. 큰이숙의 말씀이 무슨 뜻인지, 내가 무엇을 잘못했는지 순간 수많은 생각이 스쳐 지나갔지만 도무지 알 길이 없었다. 큰이숙은 다시 술을 따랐고, 건배를 외치신 후 잔을 부딪쳤다. 난 좀 전보다 더 옆으로 몸을 틀고 고개까지 숙여 술을 마신 후 잔을 내려놓았다. 그런데 큰이숙은 이번엔 더 인상을 쓰시더니 목소리를 높여 말씀하셨다.

"어허~ 몸 돌리지 말고 편하게 마시라고 했잖니!"

"저~."

내가 말끝을 잇지 못하고 안절부절못하자 큰이숙은 술잔을 내려놓고 웃으시며 말씀하셨다.

"정원아, 사람들이 어른하고 술 마실 때 몸을 돌려서 마시라고 하지?"

"네."

"내 그럴 줄 알았다. 그럼 내가 하나 묻자꾸나. 네가 존경하는 연장자와 술 마실 때도 있고, 어쩔 수 없이 싫어하는 연장자와 술을 마실 때가 있지?"

나는 아무 말도 할 수 없었고 더더욱 그 뒤에 나올 말은 짐작도 할 수 없어 눈만 껌뻑거렸다.

"존경하는 사람과도, 싫어하는 사람과도 술을 마실 때에 너는 몸을 돌려 술을 마시겠지?"

"네."

숨을 들이쉴 때마다 박하사탕을 한 입 오물거렸을 때처럼 두 눈에 한 줄기 빛이 들어왔습니다.

"그럼, 존경하는 사람에게 술을 따를 때는 존경하는 마음을 담아 따르고, 너 또한 그 마음으로 마실 테지만 반대로 생각해 보자. 싫어하는 사람에게 술을 따를 때 너의 마음은 어떠냐? 아마 겉모습만 두 손으로 술을 따르고, 몸을 돌려 술을 마시지만 네 속마음은? 그거란다. 가식 없이 행동하는 것. 즉 남의 시선을 너무 의식하지 말렴. 진심은 술자리에서든 어느 자리에서든 다 통하게 마련이란다. 네가 존경하는 사람에게 한 손으로 술을 따라도 그 마음은 똑같겠지. 아참, 싫어하는 사람은 화를 낼 수 있으니 그냥 두 손으로 따르렴. 세상에 제일 나쁜 사람이 즐거운 자리에서 남의 시선만 의식해 격식을 강요하는 거란다. 그리고 술잔이 한 번 돈 후에도 편하게 마시라고 말하지 않는 사람과는 앞으로 술 마시지 마라. 그런 사람은 어른의 자격이 없는 사람이다. 맛있는 술을 독약처럼 마시게 하니까 말이다. 결국 마음이 중요한 거란다. 마지막으로 몸을 돌려 술을 마시면 뒤틀린 내장에 술을 들이붓는 격이니 당연히 건강에도 안 좋겠지? 오늘처럼 윗사람이 편하게 마시라고 하면 편하게 마시면 돼. 아랫사람이 불편해 하면 윗사람은 두 배 더 불편하니까. 자, 마시자."

내 인생에서 정말 유쾌하고 뜻깊은 날이었다. 큰이숙께서는 술을 사 오신 것까지만 즐겁게 드시고 조금의 흐트러짐도 없이 집으로 돌아가셨다. 정말 그 말씀을 해 주시기 위해 집에 오셨던 것일까. 그리고 그날의 가르침이 가슴에 새겨진 것일까. 지금도 난 후배들과의 술자리에서 그날 큰이숙께서 알려 주신 대로 똑같이 행동하고 있다. 그리고 그런 내 행동에 의아해 하는 후배들에게 큰이숙의 가르침도 똑같이 전하고 있다. 한마디로 위대한 사상가의 명언과 사람들이 말하는 거창한 진리보다 내겐 가장 '실질적인 가르침'이었다. 그분, 잊히지 않는, 잊을 수 없는 그분, 실질적인 진심의 기준. 바로 이기준 선생님!

그랬다. 엄니가 아침부터 눈물바다를 만든 이유는 한 가지였다. 큰이모의 마음, 큰언니로서의 마음이 아니라 스무 살 한 연인의 마음 때문이었다. 큰이숙이 어느 날 갑자기 어디론가 떠나신 후 큰이모는 시아버지를 모시며 매일 아침저녁으로 동네 가장 높은 언덕에 올라 큰이숙이 돌아오기만을 기다렸다는 것이다. 엄니는 그런 큰언니의 마음을 같은 여자로서 헤아리지 못하고 산 자신이 후회스럽다고 하셨다. 밥을 먹는 둥 마는 둥 하고 서재로 들어가 컴퓨터 앞에 앉아 그 노래를 찾았다. 단서는 '열풍'이라는 한 단어. 노래 가사를 찾은 후 가사를 읽었다. 가슴이 먹먹했다. 두 연인의 마음을 조금은 알 것 같았다. 공책에 한 자 한 자 진심을 담아 가사를 적었다. 그리고 엄니에게 전해드렸다. 방으로 들어간 엄니는 곧바로 큰이모와 전화통화를 했다. 노랫소리가 들렸다.

한밤중에 두 여인이 전화상으로 같은 노래를 부르는 모습과 그 애간장이 탄 마음을 상상해 본다. 누군가에게 가슴 아픈 사랑과 추억을 남긴다는 것, 평생 좋은 모습을 남긴다는 것, 평생 잊지 못할 가르침을 남긴다는 것 그리고 누군가에게 추억을 남길 수 있는 조건은 단 하나, 바로 그 사람의 진심!

시간표 없는 삶의 정거장에서 우리에게 없는 단 한 가지는 무얼까? 오늘 겪은 일을 보며 '드러내지 않는 세련된 견고함'일지도 모른다는 생각이 들었다.

"내 가슴에 이 상처를 그 누가 달래 주리. 울어라 열풍아 밤이 새도록!"

아무튼, 품절된 하루가 또 지나간다.

"못 견디게 괴로워도!"

20

이상한 우체국의
'크리스마스 씰'
사세요

병원. 두 달에 한 번 있는 정기검진을 받고 우체국에 들렀다. 어젯
밤부터 금식, 물 한 모금이 간절했다. 그래도 요새 너무 자주 이곳에
들르나 하는 생각마저 들었다. 문득 직원에게 소심하게 한마디했다.

"혹 크리스마스 씰 파나요?"

직원은 이 아침부터 웬 크리스마스 씰, 하는 표정을 지으며 자신
없는 말투로 옆 직원에게 묻더니 대답한다.

"어~ 네."

"얼마죠?"

"3천 원이요."

옆 직원이 대답한다.

"카드 되나요?"

"아니요, 현금만 됩니다."

옆 직원이 대답한다.

"세 개 주세요."

"네."

옆 직원이 대답하고 크리스마스 씰을 가지러 우체국 저 뒤로 간다.
"예전엔 바로 줬는데 씰 사는 사람이 별로 없나 봐요?"
"네."
바로 앞 직원이 대답한다.

크리스마스 씰을 받고 직원과 나는 비로소 마주보며 미소를 지었다. 몇 년 만인가. 초등학교 시절 때이니 세월 따지는 게 무색하다. 그리고 올해는 콘셉트가 제주도이다. 회사를 관두고 처음 간 곳이 제주도인데 그때 생각이 가슴을 따뜻하게 한다. 여하튼 크리스마스 전날 피 뽑고 크리스마스 씰을 사고 정말 난센스한 해라고 생각했다.

가끔, 어떤 풍경이나 사건, 사람의 마음을 마주할 때면 사람의 말과 생각으로 표현할 수 있는 게 얼마나 부족한가를 느끼곤 한다. 비뚤어진 시선, 시기하는 마음, 분노 그리고 자기 위안을 가장해 자기합리화하는 사람들 앞에서도. 몇 년 전, 사진 작업을 하는 벗과 함께 제주도에서 본 가슴 막막한 사건의 현장에서 멍하니 서 있을 수밖에 없었던 순간, 말과 생각 그리고 글이 필요 없었던 순간, 사건, 사람, 공포, 고통, 눈물, 이념 그리고 잔인함이 스며 있다고 느낄 수밖에 없음을….

출근 시간, 지하철에 몸을 실은 사람들의 생각, 목적, 욕심, 뭉치고 다져진 단단한 바위 같은 표정. 그리고 불안한 눈빛까지 쓴 마스크 초미세 구멍으로 새어 나오는 숨소리, 가슴에 자랑스럽게 자기합리화한 송이 꽂고 고개를 뻣뻣이 세운 자랑스러운 머리통을 보면 쓴웃음이 나올 수밖에 없음을….

생각, 말, 글, 자기합리화라는 무기화된 틀로 우린 너무 사소한 것은 물론 너무 쓸데없는 많은 것들에까지 '의미부여'를 하며 사는 건 아닌지! 내 주위에 있는 아픔과 사람을 사랑하지 않으면서 눈에 보이지 않는 신을 사랑하고, 믿는다고 말할 수 있는지….

모든 것은 작은 것을 실천하는 데서 시작하지 않을까. 조금 무거운 마음으로 우체국을 나왔다. 비가 온다. 사람들이 오고 간다. 말없이, 무표정한 얼굴로 어디론가. 길을 걷는데 한 시인의 시 한 구절이 내 입에서 찬송가처럼, 찬불가처럼 흘러나왔다.

"성냥 사세요. 크리스마스 씰 사세요!"
"사랑하는 것은 사랑을 받느니보다 행복하나니라. 사랑하였으므로 나는 진정 행복하였네라."

내 마음이 좀 더 유연해졌으면 좋겠다.

아무튼, 품절된 하루가 또 지나간다.
"함박눈을 기다리는 마음처럼!"

21.
늙은 베르테르의
기쁨

눈이 올 듯한 하늘. 일기예보에서는 비가 온다고 하는데 내 마음엔 벌써 눈이 내리고 있으니…. 이런 날은 진한 에스프레소를 서너 잔 마셔도, 한낮 푸르게 취하는 화이트 와인 한 잔도 바닥 밑까지 끌어 내려진 마음을 구할 길이 없다. 단지 등뒤의 작은 떨림으로 눈 감는 순간까지 아버지의 뒷모습을 떠올리거나 초등학교 1학년 가을, 첫 체육 시간에 여름용 체육복을 입고 운동장으로 나갈 때 다리에 스민 그 촉감을 떠올릴 수밖에.

하지만 오늘은 차디찬 거실 바닥에 누워 두 가지 방법을 다 써 보았지만 한 번 깊은 곳까지 떨어진 기분이 솟아오를 기미가 없다. 개구리가 헤엄치는 모양을 상상하며 두 팔과 두 다리를 오므렸다 펴기를 반복해 본다. 대입 체력장 시험 이후로 처음 윗몸 일으키기를 해 본다. 두 번째 오르기도 전에 바닥에 달걀프라이처럼 퍼지고 만다.

문득 술이 마시고 싶었다

딱, 한 방울 그리고 막대사탕 한 알

술 대신 눈에 안약을 넣는다!

딱, 한 방울 그리고 포도 한 알 오물오물.

눈을 감는다. 눈동자가 젖는다. 시원하다. 깜박인다. 눈물이 흐른다. 쓰라리다. 뵈는 게 없으니 사탕처럼 노래를 흥얼흥얼댄다. 입 안에서 포도주 맛이 난다. 눈을 뜬다. 자꾸 땡긴다. 눈에 안약 한 방울 더 넣을까? 과음 금지! 안약 한 방울로 소주 세 병 마신 효과를 느끼다니! 조만간 온몸에 사리가 쌓여 화석이 되는 건 아닌지 모르겠다. 창밖을 본다.

"지나가고 돌아올 수 없는 것들은 한결같이 아름답다!"

시간은 누구에게나 공평하게 흐르고

지나간 것은 돌아올 수 없고

돌아올 수 없는 것은 말이 없고

한결같이 아름다운 것은

고전소설처럼 거짓말을 하지 않으니까

그대의 미소처럼!

네모난 책이 꼭 어디론가 훌쩍 떠나고 싶은 탈출구처럼 보이는 날, 방문과 현관문은 물론 책상 위에 놓인 가족사진이 담긴 액자, 모서리가 접힌 천 원짜리 지폐, 죄와 벌이 담긴 두꺼운 양장 책, 심지어 내 두 눈을 덮고 있는 안경테마저도. 감각의 소멸이 단념이 아닌 날! 무언가를 담아야 한다는 강박 관념 같은 것이 생기는 날. 마음 다잡고 크리스마스 캐럴 〈노엘〉을 들으며 고전소설을 읽는다.

눈이 올 듯한 그런 날.

아무튼, 품절된 하루가 또 지나간다.

"함박눈처럼 소리 없이!"

22.
변신,
탈피
그리고 불효자

아침 산책을 한 후 소파에 누워 책을 본다. 아무것도 바랄 것 없는 주말 오전이랄까! 행복은 항상 잠시뿐. "달그락 달그락." 엄니는 부엌에서 뭘 하는지 이 평온함을 아작낸다. 못마땅하다, 심히! 10분 정도 지났을까, 엄니가 손에 무언가를 들고 내게 다가왔다. 그리고 소파 양 옆에 철썩 붙이는 게 아닌가. 물건 모양새가 꼭 큰 도청기 같다.

"이거 뭔데?"

"징해 죽것어야. 몇 달 전부터 벌레가 기어다닌당께!"

엄니는 퉁명스럽게 말하며 나를 쳐다보았다. 그리고 내 방, 책방에도 철썩 붙이고 잽싸게 안방으로 사라졌다.

곰곰 생각했다. 몇 개월 전이라 함은? 내가 집으로 돌아온 시기와 겹치고, 유난히 내 활동구역에 다니는 벌레? 책을 덮고 일어나 소파 양 옆에 붙인 것을 보았다. 순간 머릿속에서 지진이 일어났다.

'파워홈 바퀴 트랩!'

"엄니, 아예 내 몸에 붙이지 그래, 철썩철썩, 덕지덕지~~. 이거 한 달짜리 전쟁 선포야?"

우리집엔 바퀴벌레가 산다
초특급울트라대물 180센티미터짜리!

긴 병에 효자 없고
긴 백수에 한석봉 엄니 있네
불효자는 놉니다

창틀에 간신히 매달려 있는 빗방울을 보다가

문득, 나는 절실하게 무언가를 공부해 보았던가?
나는 삶의 도전을 회피하고 있는 건 아닐까?
큰 사건, 큰 단어 앞에 무조건 무릎을 꿇고 있는 건 아닐까?
높이 자랄수록, 튼튼하게 자랄수록, 잘 살아남은
나무 밑부분의 허전함을 간과한 것을 아닐까?

생각하고, 반성한다!

아무튼, 품절된 하루가 또 지나간다.
"탈피를 꿈꾸며!"

내 삶과 생각, 마음이라는 퍼즐에 아직도 안 채워진 조각은 무엇일까?
그 빈자리는 내가 지금껏 살아온 날들의 결과물일 것이다.

23.
운수 좋은 날

　우리는, 사랑하는 사람이라면 "당신은 내가 원하는 걸 당연히 알고 있어야 했어!"라는 무자비한 생각을 하며 산다. 하지만 삶에 '당연'한 것은 흔치 않다. 당연히 건강해야 하고, 명문대에 가야 하고, 좋은 직장에 취직해야 하고, 결혼해 예쁜 아이를 낳고, 집 한 채는 있어야 하고, 최소한 80세 이상은 살아야 한다. 하지만 내 실생활을 돌아보면 몇 가지나 당연한 '혜택'을 누리고 베풀며 살고 있는지? 아마 '막연한 추측'과 '당연한 기대감'이 진실과 믿음으로 변해 버린 건 아닌지?

　냄비의 라면 물은 쳐다보고 있으면 안 끓고

　간신히 등 뒤에 파스를 붙이고 나면 바로 옆이 아픈 곳이고

　등 가려운 곳은 손에 안 닿고

　카드 값 결제 시간은 다가오는데 일한 임금은 안 들어오고

　택배 도착 시간은 굼벵이처럼 흘러가고

　일기예보 보고 우산 들고 나간 날은 비가 안 오고

　밸런타인데이, 화이트데이, 크리스마스에 전화벨은 안 울리고

할 일은 태산 같은데 알람처럼 뱃속은 꼬르륵꼬르륵 울리고

마음에 든 사람의 행동은 언제나 아리송하고

다정했던 사람이 나를 잊은 것처럼….

슬픈 예감은 틀린 적이 없고, 당연한 것이라고 생각한 것들의 딴 짓은 배신의 꽃으로 만발하지 않던가. 누구를 원망할까? 원망한들 무엇이 달라질까? 속 편하게 살려면 타인과의 약속, 막연한 기대감, 굳은 믿음을 버려야 제 명에라도 죽을 수 있지 않을까?

간단한 방법은 하나! 오만 가지 모든 일을 내 일이라고 생각하지 말고, 오로지 나만 신뢰하고 위로하면 될 것. 최소한 내 자신에게만 실망할 테니까. 타인이 내게 하는 칭찬도, 거짓말도, 뒷담화도 신경 쓰지 말자. 자기 자신에게도 거짓말을 타인에게 너무 큰 것을 바라고 하고 있는 건 아닐까?

오랜만에 외출하는 날, 침대 머리맡에 놓여 있는 곱게 접은 손수건과 양말. 바지 주머니에 손수건을 넣고 양말을 신었을 때 발가락 양말처럼 못생긴 맨살 엄지발가락만 보였을 때 문득 떠오른 생각!

당연한 것은 없다. 배신의 꽃이 만발한 것이 아니다. 상대방의 나에 대한 사랑이 식은 죽이 된 것이 아니다. 내가 막연히 추측해 '당연한 믿음'으로 변해 버렸다고 생각하는 나의 착각일 뿐!

손이 닿지 않는 등이 가려우면 "거기 말고 좀 밑, 아니 그 옆, 아니, 아니…"라고 말하며 화내지 말고 그냥 효자손으로 긁자. 내 마음도 박박!

"못생긴 엄지발가락이 시원하다!"

아무튼, 품절된 하루가 또 지나간다.

"엇박자로 걷는 팔다리처럼!"

315

24.
우리들의 집엔
눈에 보이는
신(神)이 산다

몇 년 전, 한마디 상의도 없이 회사에 사표를 던지고 한낮에 집에 왔다. 일 년 365일 새벽이슬 맞고 출근해 새벽이슬 먹고 집으로 돌아오던 나. 잠깐 내 표정을 살피더니 엄니가 웃으며 한마디했다.

"안 되는 머리로 20년 일하느라 고생했다. 이젠 놀아라."

그리고 술상을 한 상 거하게 차려 주셨다. 난 아무 말도 못하고 발등만 내려다보았다.

오늘 낮, 책 탈고와 사진 선별작업을 끝낸 후 온몸의 진이 다 빠져 소파에 누워 거친 들숨날숨을 쉬고 있었다.

잠깐 내 숨소리를 듣던 엄니가 웃으며 한마디했다.

"안 되는 머리와 안 되는 몸으로 글 쓰느라 애썼다. 이젠 아무것도 하지 말고 실컷 놀아라."

그리고 내가 좋아하는 딸기 한 알이 통째로 들어 있는 찹쌀떡 두 개를 책상 위에 올려놓으셨다. 난 아무 말도 못하고 천장만 올려다보았다.

행복은 술래잡기 놀이처럼 술래가 볼 수 있을 만큼만 숨는 것.
내 눈 밑에 숨어 있는 오래된 바람처럼. 책 사이에 넣어 둔 오래된 붉은 동백꽃 잎처럼!

몇 년 사이 '안 되는 몸'과 '실컷'이란 말이 추가되었다. 하지만 엄니의 웃음과 마음은 한결같았다.

아무것도 하기 싫은 날
그 무엇도 애쓰고 싶지 않은 날

불효자는 놉니다
염치 있게!
우리들의 집에는 두 눈에 보이는
오직 자식만을 위해
이 세상에 오신 신(神)이 있다

엄니!

아무튼, 품절된 하루가 또 지나간다.
"동백꽃처럼!"

25.
달빛 거울

미치는 일도 좋은 일이다

한 번만이다

꼭 한 번 만이다

빛이 밤에 더 빛나는 건

시간의 간절함 때문일까?

나는 고독이라는 옷을 껴입고

누군가 이 긴 침묵의 거울을 깨 주기를

바라고 있었던 건 아닌지

사랑, 우정, 건강, 너…

나의 독백은 외롭지 않았다.

아무튼, 완벽한 하루가 시작될 것이다.

"참 자연스럽게!"